甘願綻放

許菁芳 著

For my mother, who gave me ambition;

For my father, who always believed in me.

真心推薦

請把這本書讀成《臺北女生》的續集，臺北女生不只是一個身分認同，還是一個持續長大且變化的身分狀態，未完待續的下一章，持續建構的過程，系列的二部曲，從A點到B點的現在進行式，菁芳寫我們是怎麼前往與抵達的——對，你有沒有想過，所有的女生，是怎麼成為現在你看到的女生的？

比方說，菁芳寫「女人總要失戀的，不是因為女人軟弱、對愛情盲目，而是因為女人生來就是要鍛鍊成強壯的靈魂——心碎的女人將訓練成強大的力量。」又比方她寫，「我喜歡在美睫工作室偷聽女人們的談話。那是女性的公民社會，在公司領域之外劃分出來的第三部門，十足性別化的空間（Gendered Space）。」

這一次菁芳跟讀者走得很近，是肩並肩，手拉著手的距離，她把自己剖開來，說，喏拿去看。我感覺，這是一本過程之書，其中有給年輕輩的牽引，有給我輩（包含她自己）的叮嚀，也有對來年的敬重。菁芳寫瑜伽、寫做菜、寫失戀、寫穿衣、寫劇評、寫吃食、寫讀書、寫時局，把我們女孩子在私訊與對話框聊的那些，逐一搬上檯面，攤開來看——那些被眾人視為小的，瑣碎的，無關緊要的，是不是其實深深地支持了我們，正是那些脆弱，那些失落，那些黑暗，那些未知，領我們撐開了空間，成為一個更廣博堅實並且溫柔的人。

這本書是這樣的書，女生是怎麼成為女生的？就是因為這些。

——【吾思傳媒 女人迷主編】柯采岑

最愛看菁芳寫食物了，每一筆都那麼篤定，食物是歷史、食物是天地、食物是愛、食物就是我，不懂（我／食物）的傢伙走開。她的世界是那麼樣地有滋味，即便是天崩地裂的心碎，也得層次分明、口感澎湃，完食時不忘舔一下嘴角笑著說：「我吃完了唷（♥）」

於心、於文、於生活，菁芳都是個豐盛的女人，如書中所述：豐盛自如，是一種功夫。謝謝妳的綻放，讓我們在品嘗一道道飽滿的文字之後，也能望見自己的春天。

——【作家】楊雅晴

菁芳用細膩中不失霸氣、堅定卻又柔軟、正經但充滿幽默的文字，描繪我們這一代女子的理想與妥協、堅強與脆弱、知足與渴望。好像我們在做瑜伽、上市場、談戀愛，甚至失戀時，她就在旁邊似的！

——【臺北市立委下次當選人】謝佩芬

目錄

冬　一季又一季，安住在自己的身體裡

春　花開有時，有時花開

夏

豐盛自如，是一種功夫

失戀有益身心健康

天下萬物都有定期，凡事都有定時。

出生有時，死亡有時；耕種有時，拔出有時；
殺戮有時，醫治有時；拆毀有時，建造有時；
哭泣有時，歡笑有時；哀傷有時，雀躍有時；
拋石有時，堆石有時；擁抱有時，避開有時；
尋找有時，遺失有時；保存有時，丟棄有時；
撕裂有時，縫合有時；沉默有時，發言有時；
愛慕有時，憎惡有時；爭戰有時，和好有時。

傳道書3：1—8

失戀當然是不分季節的了，該失戀的時候就會失戀。人一生總是有幾次天崩地裂的失戀。

失戀這事很有意思。跟感冒一樣，感冒了第一次不代表沒有第二次，這一次輕可能下一次重，但這一次重可能下次也重。類型滿多，症狀不定一樣。但是大體上每個人還是有些一致的弱點──有些人就是腸胃弱，有些人就是呼吸道狀況多──人人身邊總有個友人就是在感情裡犧牲個沒完，另外再有個友人就是抽離又逃避溝通，怎麼換對象問題都一樣。每次傳訊來，你一看他起手式三個字，就知道他又撞在同一個問題上失戀。

最玄妙的一事是，失戀永不止息。在穩定的親密關係裡依舊有大大小小的心碎。失戀數次，痛定思痛，緣分來了，決定承諾一段長期的親密關係，結果是走上另外一個平臺繼續失戀──結了婚也會婚內失戀的，醫生說[1]──就像以前老聽長輩說，哎呀小孩子就是比較容易感冒，後來成人了才納悶地發現，咦長大了還是有很多人很容易感冒。

少感冒的關鍵終究是提升免疫能力，不想失戀就得好好提升自己。而且，生而為人，有點抱歉，此生也得接受人就是會感冒的事實。再如何強壯的免疫系統皆非萬能，人是肉身，來地球一遭，這世間的諸多挑戰總是要體驗。

所以，總地來說，失戀有益身心健康。每一次失戀都是鍛鍊，來一次，長一點免疫力。一病一腳印，天色漸漸光，成做更加勇敢的人。

◆

失戀的時候，當然是很難的。

失戀的症頭眾多，我呢，我的症頭是睡不好——精確地說是起不來。醒不如睡，睡也睡不好，活躍的潛意識不斷在夢裡創造出一個又一個場景，一層又一層地抽

1 《婚內失戀》，鄧惠文。

乾人的能量，難受非常。明明躺很久了，睜開眼就是難過，難過到頭又不想睜開眼，只能翻來覆去地蜷在床上當一坨廢物。我後來知道這是失戀的時候很常見的症頭（簡直跟感冒的時候喉嚨痛咳嗽一樣）；有人建議一醒來就打給家人朋友啦（多吃維他命），有人說可以放音樂聽廣播（感覺像是多喝熱水熱茶）。我則是有朋友很好心地送了薰香、也有朋友送了精油。（不是那麼直接，但其實滿有效果，類似用鹽漱口？）還有人跟我說可以在房間裡放仙人掌。（這似乎進入民間偏方的領域了，可能像是吃熱橘子？）

想來，失戀與睡眠失調的高相關度也很合理。失戀的時候還真是個夢醒時分。愛情總有夢幻的一面，幻夢無比舒適，比真實更真實，因虛構的真實具有一切瑰麗色彩卻毫無根基，真真是一場令人不願脫身的夢境。失戀是打破夢境，認清真實。真實無論多難堪，永遠是扎實的；但扎實的事物當然有重量，剛醒的人扛不起，都只能爬著滾著。更多的人是寧可受苦，都還捨不得離開。

可是，活在夢裡的人終將魂飛魄散——人終究得要扎實地活在生活裡。夢靠著人的能量餵養，卻沒有回饋的機制，也無法成長。活在幻象裡的人終將也隨夢而去，幻化成魑魅魍魎。

愛情這一場鏡花水月，也不過是來幫助人映照出自己真實的樣貌——在愛裡，所有的艱惡純情都被照射得尖銳非常，清楚無比——而真正的愛將會幫助你面對所有深層的問題。一隻一隻鬼浮出鏡面，一邊尖叫流淚一邊超渡淨化，因這每一個卑微的軟弱的膽怯的不安的全都是自己。

別無他法，只能接納。接納的靈魂不再是鬼，不再騷動，只是一股又一股色彩奇異的能量安放在心內。

◆

說來簡單，失戀這門課，有一大半是來學接納。可是接納一事，真是個說易行難。雖是心的功課，卻也得靠身體修行。上一次失戀後，聽聞朋友推薦小班的瑜伽教室，我開始去上瑜伽。（失戀不都要去上瑜伽嗎？）

先是有一搭沒一搭地上。第一次上課後挫折感很深重，只想回家抱頭痛哭。倒不是在於上完課後全身痠痛，而在於發現自己的身體狀況有多差。瑜伽課不過一個小時，大約是少時練舞前整套暖身動作。想及當年勇——若在當初，這一整套做完才正要開始排練呢——就忍不住又是一番自我批判。到底是怎麼退步到這步田地的。

幸好瑜伽並不是一個助長我競爭習氣、批判性格的練習。瑜伽只是陪伴，調整，逐步釋放壓力。所有動作都在有跟沒有之間，不過就是透過一次又一次的進入與離開，更深刻地體會自己原來如是。原來我的手在這裡，到這裡，原來我的手還可以是這裡。瑜伽的各種體位讓人見證到，原來也沒有什麼做到、或者做不到，我的身體就是在現在這個位置，我無法逼迫她，也不需要評價她。唯一一種與她相遇相知的方式就是與她停在這裡。一次次深呼吸，一次次讓陪伴變得更加扎實，讓我與她的共同存在變得更加清晰、深入。

原來我的身體在這裡。只是這裡，就在這裡。想來人間凡事也如此。

大約是因為不忮不求的性質，瑜伽也不排拒我也無所追求，迷迷糊糊間我就在瑜伽裡待下去了。

年餘來，我也不太清楚自己進步多少——唯一的明顯差異是我可以安穩坐在自己的金剛坐姿上、不扭來扭去了——因為瑜伽老師K走的是仙氣路線，不時興做可以ＩＧ照的高難度動作。課上的花樣雖然多，但心都很安靜，透過每個動作逐漸認識自己的習性，調整、支持。

K有很多名言，比如說，「看身體哪個地方先放棄，然後很多地去支持她。」

雖然大多數時候我都是卡在身體裡有口難言。

「啊！」

「怎麼了，感覺很強烈嗎？」

「啊啊！」

「我看看。」K出手調整。

「啊啊啊啊啊啊啊！」

一開始上課，我注意到瑜伽老師甚至不太使用痠、痛來描述感覺，頂多說某感覺很強烈。（不過多數時候我確實感覺就是，痛！）後來才理解，確是如此，痛還真的不是痛，不過是不習慣。身體需要一點時間去消化、承擔新的挑戰，只需信任她、等待她自然成長。初次做有支撐的橋式，K讓我們在薦骨下放一個瑜伽磚，體重放下去的瞬間，腰後好痠，臉皺成包子。聽著K的聲音，跟隨她的引導，一遍又一遍深呼吸，一點又一點地捲尾骨，感覺到身體逐漸吸納刺激。離開動作後居然感到腰間輕鬆卻充滿力量，是前所未有的體會。（老師說那是釋放。）

瑜伽動作會揚起身體裡的東西，因此要仔細感覺身體裡產生的變化，給她一點時間，對衝擊作出回應。

我體會到：失戀不過是一場很巨大的衝擊。內在經歷絕大的摧毀，絕不是毫無原因的，必然是要帶來根本性的成長。猛烈的失戀是先把心炸出一個大洞來（就是心碎嘛），這巨大的空洞，其實就是要扎穩新型基礎的空間。越是巨大的空洞，越是為下一步準備好深厚的基礎。面對深不見底的黑洞當然是害怕的，不過一邊害怕，還是可以一邊翻土種花。恐懼不妨礙人躺下來靜心，數算眼前有多少情緒，一抹又一抹地飄過。

瑜伽練習的最後總會來到修復體式。白話文說就是躺著睡一下。K通常放一陣音樂，然後以一小段冥想作結。那段沉靜的時間我偶爾哭泣，但都是安靜宣洩的眼淚。不外乎是眼前浮現過去的傷害啦、難以放手的糾結啦，愧疚怨恨委屈等。但那些情緒逐步失去了宰制我的力量；眼淚流過如同情緒流淌過我。

於是體會了如是的另一個層次：原來我有這麼多情緒，原來身體幫助我收納了這麼多還沒有過去的過去。記憶存放在身體不同的位置——有些細微的感受總在某些特定動作時升起——以一種和緩、清晰但不強勢的姿態浮起。我知道那是身體在提醒我，那一刻還沒有過，有一部分的妳還在那裡；但妳已經不在那裡，妳可以在這裡。

越做瑜伽，越感覺到人真是有千百萬個碎片，緊抓著過去未來。這諸多碎裂在時間線各處的我，像是深陷蛛絲中的獵物，動彈不得，枉論前進。心裡的事過不去，身體出來幫助化解——那一刻過不了的事，這一刻讓身體來涵納——在三角式裡多一分扭轉，在前彎裡多一分擁抱，在八肢點地裡多一分匍匐。每涵養一分，地裡的水多澄澈一分，終有汩汩源出水到渠成的一刻。現下每一刻都扎實地活進去，活過去再活過來，到底會發現自己裡面也有一片浩浩湯湯的海洋。

逐步接納自己的身體，也逐漸接納自己的心思意念。批判身體的念頭少了，或者批判浮起來的時候不與它當真。感謝身體忠實地記錄著我的一切，一路支持我——幸好有瑜伽，身體開了心也開了。

「想像你是天空。你的情緒如雲飄過。雲起雲散，天空依舊清澈。你不是你的情緒，你的情緒是你的一部分。」

失戀的這一課，不是偶然。多年習性，各方偏執撞在一起，大筆清償，重新做人。感謝失戀送我上路。

◆

一場失戀之後再生，人活得愈來愈踏實。

對自己誠實很多。比方說，我並不是自律的人。以前跑步，多是逼著自己跑，現在誠實多了，跑不動就算了。甚至，瑜伽上了年餘，晨課也還是會睡過頭，趕路途中一邊給自己找各種理由，一邊心知肚明這都不是理由。

也逐漸理解感情裡的地獄是怎麼回事了。人人心裡都有千百個惡魔，端看你能不能安放它們，在每個起心動念之際不被誘惑。有些人反覆出軌，那是他的難處，他還無緣改變；有些人甘願受苦，那也是他的關卡，他也得付出代價才能體悟。旁人能做的就是陪伴、傾聽，讓開空間，祝福雙方皆有所成長。

於是，我現在覺得人生來就是要失戀的——尤其女人總要失戀的。不是因為女人軟弱、對愛情盲目，而是因為女人生來注定要鍛鍊成強壯的靈魂。愈是柔軟，愈要堅韌。投生為女人，其實是給自己簽下一則重大的挑戰：我樂意走向這條荊棘路，因我願意愛得更加寬闊廣大。俗話說得好，從哪裡跌倒，從哪裡站起來，女人多在愛裡栽跟頭，那正是要在心最孱弱的此處成長，心碎的女人都可以訓練出強大的力量。

跟重訓一樣，愈弱，愈值得練，先破壞再建立，一層層痛苦與休整交互堆疊，很快就會強壯起來。

◆

失戀真是不分季節的。每一次失戀，每一次見證身邊的人失戀，我總想起傳道書裡說的。「愛慕有時，憎惡有時；爭戰有時，和好有時」。誠然，天下萬物都有定期，凡事都有定時，失戀沒有季節之分，該來的時候就會來。

是無可避免的事，不如信任眼前的痛楚是生命的禮物。即使這話聽來像是最老梗的心靈雞湯吧，非常難以相信吧，但若有萬分之一的可能，此言為真呢，若是後頭真有好事呢？

失戀谷底的時候，曾經得到貴人箴言一枚：「現在的考驗那麼大，代表之後一定有很大的好事。」我當時又是困惑，又是生氣。但是人康復之後，也愈來愈看見，屆時一場巨大的挫敗原來是巨大的動力，將我升級到下一個層次去。從此路開地廣。在那深刻的裂痕上我終究尋得向下扎根的空間。

受過傷的人，待人尤其溫柔；見過世面的人，心胸特別開闊。在情感裡糾葛過的人，才知道怎麼陪伴在泥濘中打滾的受害者（並且自己不怎麼沾染上泥巴），也才更能夠諒解、接納諸多拒絕改變、拒絕負責的凡夫俗子。這是真正的愛——失戀鍛鍊真愛——不深陷過去，不藉口未來；珍重自己，尊敬他人。

老天絕對不會丟給人一顆接不住的球。丟下來的都是要幫助人解鎖成就的。今天失戀，只有一個可能性：真愛很快就要來了。真愛未必以你我原本想像的樣態出現（看過《冰雪奇緣》吧），但真愛一定會出現的。要快快趁著失戀此刻，盤整過去，清點債務，該還的還、該給的給。

人生清理完了，心開了，真愛明天就來了。

我輩女子學做菜

我輩女子做菜，未必在家裡養成，多是看 YouTube，或臉書 I G 影片學的。

在加州念書的時候，有一次做了三杯雞到社團去參加感恩節聚餐。在美國人之間輕鬆拿下最佳肉類獎，可說是勝之不武。人問說這是媽媽的私房口味嗎？我說，呃，其實，我看 YouTube 學的。眾人大笑。其實在各家網紅還沒有興起的時候，我甚至是看部落格學做菜，只有圖片沒有畫面。怎麼分割大雞腿，判斷牛排幾分熟，蘑菇出水的氾濫程度，都只知其有，不知其如何有，要等到自己在廚房親自下手時才大吃一驚，哇噢。

我雖然習慣看影片學做菜，但也還是買食譜。買食譜不全是為了學做菜，也是為了放在書架上看了心情好。食譜的價值，在我看來，是做為藝術作品、風格載體，不完全在於實用。好幾年前有一部電影，《美味關係》（Julie & Julia），描述一個年輕的上班族，花一年的時間把 Julia Child 的法國食譜名著全部做過一次。電影很可愛，但我覺得做菜只靠食譜，真是勇敢，有那麼多細節與技巧無法用文字保全，簡直是要通靈的能力，才能跟遙遠時空的食譜作者搭上線。

我真正入手的食譜，大都是因為有重要的廚房知識——比方說莊祖宜的《簡單・豐盛・美好》，是我開始做西菜的入門書。系統性地說明廚具、擺盤、調味等基礎知識。我讀了才知道用夾子煎肉翻肉，天啊怎麼這麼好用。已知用夾子，廚房進入文明時代。再不然就是因為作者討人喜歡——比方說劉玲萍《黃媽媽說菜》，是作家黃麗群的母親，早就因為作家的文字名滿天下。一出書我忙不迭去買。諸菜皆美，不過用心而已，我很喜歡這做菜哲學。

後來我看名人從哪裡學做菜，多多少少還是跟家裡教養有關。未必是刀刀見骨地站在廚房裡學做菜，但從小耳濡目染——或應該說口濡目染——習得品味與風格還是至關緊要。

例如一代大儒林文月。《飲膳札記》是我心中飲食文學的範本，一本輕薄的小書，卻是擲地有聲的經典。寫做菜步驟是行雲流水，寫客人是談笑風生，寫食材讓讀者亦步亦趨（當下也想去香港乾貨街見識一下魚翅怎麼賣！），寫味道則是力透紙背，我在紙的這一端都可以感覺到溫度與美味。但林文月的出身還真不是一般。潮州魚翅、佛跳牆、烏魚子、紅燒蹄參，這些菜式她信手拈來，在家裡廚房做出來、端上桌；但都不是一般尋常臺灣人家在那個年代有過的見識。又再例如，臺灣阿舍菜大師黃婉玲，粉絲眾多，凡有開放訂購食材、菜式、點心，總是秒殺。但這系經典臺菜也不是尋常人家，是富過三代的望族私房菜。豬肝卷，雞仔豬肚鱉，化骨通心鰻，細緻繁瑣到令人咋舌的程度。雖然是可以想像的正港臺灣味，但卻是登峰造極的版本。菜是好的，書當然也是令人欽佩的。

實作上來說，這兩位大師有趣的共通點是少女時不下廚，成人之後才真正開始做菜。大師終究是大師，養成不嫌晚。既然任何時間開始都不嫌晚，那麼，我輩女子若是成人之後才開始近庖廚，也不妨學習曲線急起直追。而且這時代幾無資訊門檻，許多私房秘訣都在搜尋引擎一指之外。

或許看網路食譜學做菜也有時代因素。一則，我輩人的父母親正是經濟起飛那一代的勞動力，人人努力上班賺錢，回家大都很疲倦，大概不會太花力氣在煮食上，小孩子吃飽就好。二則我輩卡在教改中間，雖然花樣多一點，高中大學還是要考標準考試。誰人不是十二歲開始就每天背六七公斤書包，學校晚自習到八九點，午餐在學校吃得還算營養均勻，晚餐在補習班就吃得隨隨便便。

外食也好。一代職業婦女，養出了一代雜食兒女。外食家食皆可食，好吃好養好食物。

內外交雜的飲食習慣，在我看來是有意思的發展，一則培養了蓬勃多元的餐飲市場，二則改變了人們對於家常菜的評量標準，重視效率與健康，不再建構「媽媽味道」的迷思。很多朋友年夜飯不在家裡吃，習慣到餐廳去。各種年菜大戰少了，收拾打掃也免了，兒輩帶著伴手禮（通常是健康食品）與紅包出席，好好吃一頓飯後回家休息。家族的女人少一個戰場，大家都吃到好東西。媽媽的年菜變成媽媽欽點的年菜餐廳，對於培養見識也有不錯的影響。這是晉級的家常菜向度。

外食不一定是上餐廳，日常點心才是我輩臺灣人的強項。小時候放學回家路上嘴饞，吃雞蛋糕、紅豆餅、蔥油餅、爆米香，現在看來都是簡單扎實的點心，小孩子不該吃多，但吃了也無傷大雅。相對應地，留學期間，我看美國小朋友吃色素十足的糖果，洋芋片當午餐主食，看得瞠目結舌，心想我的童年真是健康。從小吃習慣用料實在的零食，長大就不會將就於粗製濫造的劣質品。

女兒要富養，誠然也。富不是山珍海味，富是天生地養。好米好豆好雞蛋，無荷爾蒙、戴奧辛，乾淨自然，沒有什麼比這更富裕的。臺灣的女兒都是這樣被土地好好養大的。

食物餵養靈魂，我們是海島的孩子，一吃魚就現形。我有很多在內陸州成長的美國、加拿大同學，很少吃整條魚，都是吃切片的鮭魚鱈魚，不見頭尾。因此一隻完整的魚上來，躊躇不前——此時看南歐人拿湯匙叉子，亞洲人拿筷子，熟門熟路地沿著魚的背脊下手，一塊塊分派魚肉。這面完了，手捏魚尾起骨，又露出一面魚肉分派。

另一項身為熱帶島國子民的奢侈習性，是從小吃青菜吃得風生水起。我輩人心目中的蔬菜，一定要吃到綠色的葉子才算數，諸如番茄、洋蔥、蘿蔔、南瓜，都不算是青菜。不過這當然是炫耀文了，這世界上有很多地方都是無能時時見得綠葉子的，得用各種根莖類瓜果充數。臺灣人在這一點上實在非常幸福。

在家裡吃飯也還是有的。一個小孩在家吃飯叫吃飯，一代小孩在家吃飯叫國民教養。原生家庭還是設定我輩胃口與口味，乃至美感的原廠。我現在想起來，即使是印象並不深刻的日常菜色，也還是形塑了我對食物的基本觀念。比方說我吃魚仍然吃得很習慣，也仍然接受吃糙米或五穀米飯（我一直以為健康的飯就是紫紫的，因我媽認為五穀飯健康）。

我媽因為上班忙，她做的菜很多都很簡單。我印象深刻的是甜甜的咖哩，醬油雞丁，蛤蜊炒絲瓜。小時候覺得吃咖哩有一種假日的感覺。因為不像正常的晚餐，咖哩是一大鍋湯湯水水直接上桌。拿湯匙在裡面撈啊撈，一邊猜白白小型塊狀物是蘋果還是馬鈴薯。醬油雞丁也只是雞胸肉切丁炒蒜頭，加糖加醬油。我記得很下飯，但現在想來應該是因為甜甜的，小孩子喜歡。蛤蜊絲瓜也簡單，絲瓜用滾刀切，薑絲炒了再下蛤蜊，開口笑之後就可以上桌。小時候我不喜歡黏黏稠稠的絲瓜，但因為不喜歡反倒記得長久，現在也經常在自己的廚房裡做。

於是呢，做菜其實是在發掘深埋於潛意識中的家庭模式。表面上，我做的菜式五湖四海，但到底呢，我果然是我媽的女兒，做菜簡單最重要。念博士班時，有一陣子我簡直成了個韓國人，常常吃煎餃或泡菜炒肉片當晚餐。原因無他，非常簡單。煎餃從冷凍庫裡拿出來直接下鍋煎，底部略微金黃後再澆熱水，蓋上蓋子略蒸。十五分鐘內可以上桌。泡菜炒豬肉也是常備菜，蔥蒜爆香，豬肉片下鍋，變色後放一堆泡菜，有時候再加一顆切塊的番茄增加鮮味，醬油煮開後關火撒蔥花。也是十五分鐘上菜。偶爾懶得開兩個爐子，又想多吃點青菜，我會加一把油菜下去炒，一鍋幾乎要滿出來。吃飯的時候這一人料理一鍋滿滿，熱氣氤氳，簡單卻極其豐盛。

做菜是一種自我照護。這年頭很多愛自己的都市傳說，鼓勵人吃吃吃，買買買，出走旅行，看美景，住飯店。這些也都很好，但是凡是有力量的事物都可能是雙面刃——為了填補空虛而吃喝，餵養的都是灌不飽的無底洞；為了逃避責任而出走，華廈玉食也都只是獄中放風。真正的自由豐足始終都在人心裡。從一頓簡單的飯菜開始，心思純正地照顧自己。仔細探問自己的喜好，為自己付出時間精力，不委屈也不犧牲。

我想，我們這輩女人成長時大多不下廚，忙著念書，後來討生活；開始烹飪都是為了自我滋養，學習一種生活的氣魄。

做菜做得理直氣壯，豐盛自如，是一種功夫。一日三餐，餐餐富足，從一頓飯菜開始佩服自己。這大約就是我輩女子學做菜的哲學吧。

颱風天

某個夏末的傍晚還想，今年好像沒有什麼颱風，雨水也不是很多。念頭一起，幾個颱風就在夏天的尾聲接踵而至。而颱風一來，人們就躲了起來，把世界交還給天地，暴風暴雨沖刷破壞一番。風頭過了，人才探出頭來。我感覺颱風像是強迫關機的程式，提醒人終究天生地養，要順服自然的節奏。

是故，颱風天的時候宜納糧、安宅，忌出行、會友、開市。

遠遠看著颱風在南方海面上生成的時候，我就開始計畫納糧囤糧。泡麵水餃買兩包，兩三瓶水裝好。颱風天後蔬菜會漲價，因此不妨也買點根莖蔬菜放冰箱。因著颱風天要待在家裡兩三夜，我都在廚房裡燉湯燉肉，盡忠職守地進行一個消化存糧的動作。之前做白酒燒雞，也做過臺式紅燒肉，最近的新寵是啤酒燉牛肉，做起來氣派美味又很簡單，而且適合單吃，不會忍不住吃下兩大碗白飯。牛肋條（或牛腩）擦乾血水，煎至表面棕黃，起鼎放進湯鍋裡；蔥白洋蔥、紅蘿蔔番茄，切段切塊，分兩批炒出香味，加入牛肉的行列。然後倒一大罐啤酒，大火燒開，小火慢燉，一個半小時後下一批白蘿蔔，再等半小時就有一大鍋金黃色的牛肉湯。滋味豐富扎實。

說起來，只要是雨天都適合在家裡燉湯。雨聲淅淅瀝瀝，湯品咕嘟咕嘟，特別凸顯人的平安福氣。因此我在颱風來臨之前總會奔走東西市，尋覓品質好的牛肉。此刻特別感覺到自己是外地移入的第一代臺北人。沒有我家巷口牛肉店；但有很多地方媽媽推薦的肉舖，也有按圖索驥的店家。比方說古亭附近的國際牛肉店，迪化街街區的高級食材店，都能買到優異的牛肉，附贈許多料理的建議。

「現在年輕女生會下廚的人不多了啊」，拿著鋒利刀子的店主人會帶著這樣的感嘆，把處理乾淨的生鮮肉品交到我手裡。回家後做出來的料理都很好吃。於是（雖然我也不算是年輕女生了），我也感覺到身為第一代臺北人所受到的期許與祝福。

◆

颱風天納糧，其實很溫馨。三年多前的暑假，我跟幾個在美國認識的留學生朋友一起回臺灣開會。飛機降落第一天晚上颱風就來了，輕颱，風不大雨很多。一出機場感覺到陣風陣雨，風來整片雨水如波擴散。我們都是長年在外，離鄉久了，連颱風都是島的好。往市區車上一路吱吱喳喳討論要買什麼零食，下車第一件事是衝進 7-11 買泡麵。臺灣的便利超商真好啊，明亮安全。一群人拿了花雕雞麵，珍味牛肉麵，還有小時候吃慣的滿天星、七七乳加巧克力，再加上幾瓶烏龍茶、蜜香紅茶、飲冰室奶茶，興高采烈入住旅館過颱風夜。在茶几上擺滿臺式點心，感覺真好——感覺自己十分富有豐足。

颱風天略有不便的是需要長時間宅在一個定點。因此有些準備需要完成。對我而言颱風天之於生活的影響不過有三：第一，要早早規畫洗衣晒衣；第二，記得把電腦充電器從辦公室帶回家；第三，Netflix 上選好電影，挑好課外讀物；在床邊手及距離擺好零食飲料，如頸上掛餅不轉圈。

其實颱風天若能全島平安，我倒是感激颱風來打斷生活節奏，提醒我謙卑的功課。所謂一週五天、一日八九時的工作時程，是人造的紀律，不是天生而就的規範。我本來很習慣週末早上整補。因為颱風，必須注意提前或押後洗衣晒衣；但是在颱風前的大晴日下鋪開衣物也是有趣的經驗，尤其從衣架上逐次拆下晒得挺直的衣服時，會有一種收成作物的感覺。我近來新發展的寫作守則是把電腦留在辦公室，藉此切分工作與休息的空間；但是颱風天會打破這樣的區隔。帶著電腦回家，在房間裡把檔案打開，意外的收穫是不同的靈感——在廚房或者枕頭上寫出來的文字有一種閒適散逸的氣質，平衡分析性寫作的方正框架，也好。

既然是多出來的假期，時間大把大把的揮霍掉也是應該，故颱風假另外一好是追劇讀閒書。第一個颱風假，讀兩本小說；第二個颱風假，看日本紀錄片、英國影集。耍廢亦須有張有馳，因此閱聽一段需要注意力的電影書籍，可以搭配一段不需要注意力的滑手機；於此，在短篇小說集以及一整季影集之間，我也兼以大量的臉書廢文跟貓貓狗狗影片。還摺了衣服（收了衣服總是要摺），擦了地板（吳爾芙需要自己的房間應該也是因為她頭髮會掉滿地）。

雨水帶來的力量是清洗。安居在宅，趁著這股天地的力量清理整頓住家，是颱風天合宜的行程。

◆

不過，颱風天也有不合適的行程。首先是不適合開市。

不只是字面上的開門做生意，也包含了不適合開始一項新計畫。開市的時候需要邀請很多人事物進入新空間，五彩繽紛的力量來支持新的創造。颱風天不是創造的時候——颱風天是創造的前一動，拆落原本的框架，給予創造的空間。從我的經驗來說，這代表著備份電腦資料，整理我的Google drive跟dropbox。該刪除的過時文件刪去，只剩下紀念意義的放進隨身硬碟裡。略略思考接下來要寫什麼文章？該讀什麼書？颱風後再回到辦公室打開電腦，雖然明明是同一臺電腦，卻有全新開始的感受。我也聽過朋友在夏末搬家了，一搬就遇見颱風。趁著颱風假，拆添層架，搬弄家具；我想像那是很好的畫面。風雨過後秋天降臨，清晨傍晚有細微的風流進新設的廳房。那個時候，就適合開市了，新人進來了，物品安置在乾淨的空間裡，思緒也順利地流動起來，而秋天正是收穫的季節。

颱風天另亦不宜出外，會友。社交不甚匹配風雨。乍看之下這像是政令宣導——不要到海邊觀浪、不要叫外賣——但我認為在颱風天節制社交有其更深刻的理由。颱風不如其他類型的雨天。梅雨霏霏象徵細細清洗滋潤，乾渴已久的大地披上一層天降恩澤；是故，梅雨天我總覺得適合拿著牙刷在水龍頭下慢慢洗一只花瓶，刷一雙沉痾已久的球鞋，讓水氣抹去粉塵，讓擱置的事物再顯生機。西北雨是另一種雨，雷霆萬鈞，正常能量釋放，雖是猛烈的但卻是爽快的；面對雷雨我感覺適合做一段激烈的重量訓練，或者豪邁地把櫃子裡的舊物拖出來宣告廢棄，乘著天地強烈的情緒去挖掘、清理壓抑已久的問題。

但是颱風天是另外一種風雨。颱風是明確的分號。天候明顯地改變了，原本的夏季短暫地停一停，人躲一躲，讓破壞與混亂占上風，破壞出空間允許更多成長。此時適合蟄伏。適合靜心感受。因此我不喜歡颱風天約唱歌。雖然這真真是臺式作風了，一宣布颱風假KTV就客滿，一大群人躲在包廂裡吃吃喝喝唱唱聊聊。但我總覺得颱風天需要被看見與感受，因此不適合待在不見天日的包廂內與其他人彼此共振。我想坐在可以看見天空的大片窗戶前，見識雲朵的流動變化，風的聲嘶力竭，還有雨跟著暴風來去推移的形狀。人的狀態也是如此，情緒的混亂總是有的，造成的破壞也總是有的，但混亂跟破壞本是自然循環的一部分，帶著距離就能夠看見。颱風天適合人們待在屋子裡，向心內看。

人雖然沒有辦法選擇天氣，但是可以跟天氣學習。颱風根本性地形塑了臺灣人的民族性：每年大風大雨都一再地來，災難雖不是日常，也是年常。臺灣人的柔軟彈性或許因此而生：願意接納混亂，習慣在敗壞裡重生。一年四季，幾次風雨，生活在天地之間有許多機會，學習順應土地與氣候。島民有島的風骨，如海洋寬廣，如山原本不動；颱風來了會走，走了再來，而我們總在這裡。

女人的六個關鍵詞

——評《小婦人》、《好妻子》

歹鬥陣

一句話總結小婦人：四個女兒作伙，歹鬥陣。

鬥陣這詞，臺語意指相處，但化成文字則又是鬥法又是陣仗，描述小婦人們更加貼切。小鼻子小眼睛，但也都有良善的心，極力在小奸小惡之間脫昇出來。時有成功，時不成功。

有時候我覺得讀《小婦人》，像是讀一本升級版的言情小說。兩者皆沒完沒了地描述女人的衣著，追蹤她們的社交生活中出現的男人。十六歲的小女生只想要好看的裙子——要絲綢，不要府綢——母親叮嚀務必帶著手絹，最好噴上香水。當受邀出席舞會的時候，全家總動員為女兒們洗妝打扮，「梅格穿著銀色禮服，蕾絲摺邊加上珍珠胸針」；而女兒們自己到上流社會去闖江湖時，在大觀園裡衣裝升級，「天藍色的禮服，胸口開得好低，接著是整組銀絲首飾，胸前妝點一小把含苞的香水月季，配上一條花邊摺飾。」

也像是讀一本八卦雜誌。比方說，數百年不變的嗜好，女人出外旅遊、購物是個重點。「在倫敦攝政街買東西太愉快了，品質很好的緞帶一碼只要六便士，不過手套要去巴黎買」——這句話的句型讀來太熟悉了，大可以在今天的談話性節目或臉書直播中聽到。又例如，嫁入豪門是一個反覆出現的主題。馬區家的小婦人都是漂亮的女孩，最小的妹妹艾美，除了鼻子扁有點可惜之外，容貌出眾。在大姊嫁給身家普通的姊夫之後，艾美下定決心，一定要成為真正的貴婦，一定要嫁給有錢人，因為最大的兩個姊姊看起來是沒指望了，馬區家脫貧就在艾美小小的肩上。

英諺有云：「魔鬼都在細節裡。」反過來說，最成功的著作都是由實在的細節建構而成。小婦人中描繪的家務日常，正是這種扎實細節。

場景是具體可見的：馬區家女孩手中針織的毛線襪，毛線球從火爐的一邊滾到另外一邊，門一打開，馬區太太穿著灰斗篷以及「過時的無邊圓帽」現身。從窗戶望出去是一棟石砌大宅，華美窗簾間隱約可見氣派的擺設，裡面當然住了一個將與馬區家女孩戀愛的高個子男孩。姑婆家有大圖書室，帶著法文口音的女僕，以及總是大聲尖叫的鸚鵡。馬區家的餐桌上有足夠的食物餵飽四個女孩。有咖啡，檸檬汁，奶酪與蜂蜜，以及由「牛奶，蛋，肉豆蔻與南瓜泥」做成的金黃色餡餅，市場買回來「太小的龍蝦，太老的蘆筍，以及酸溜溜的草莓」。

《小婦人》之所以成為經典，而非僅僅風靡一時的通俗小說，恐怕正是因為其深描的功力，直指百年不變的女人日常。生活的重心永遠都是這些平凡無奇的家務食物，女人關心的永遠都是衣服遊樂與戀愛。這一家姊妹真實地活在十九世紀裡，那樣的真實，超越了時空的限制，直至今日，仍然是二十一世紀女性的面貌。

復仇

一群女人歹鬥陣，姊妹之間復仇多。

人的真實樣貌總是可愛又可怖。看馬區一家女孩天真可愛是嗎？翻過幾頁，女人的復仇馬上要人粉身碎骨。艾美不過氣她姊姊喬沒帶她去看戲，居然就出手把姊姊嘔心瀝血的手稿燒掉了。喬氣炸了跟妹妹絕交，甚至逼得艾美得以死明志，才能拉回姊姊的心和好。

《小婦人》翻拍成電影《她們》，艾美與喬的糾葛被改寫得更加立體。喬的青梅竹馬，隔壁大宅院的富三代羅利自小愛戀喬，但兩人成人之後，羅利鼓起勇氣求婚卻被喬狠狠拒絕。心碎神傷的羅利自我放逐到歐洲，往訪艾美，向如小妹般的艾美討拍。電影裡，艾美在歐洲的遊歷讓她長成了有見識、有目標的女人。她一棒打醒羅利——你這公子哥擁有一切，有財富、學識與堂堂儀表，為什麼放蕩墮落，不好好成材！羅利跟艾美的氣勢倒是勢均力敵，立即反嗆——妳想嫁的那個追求者，還不是為了他的錢！妳根本不甘願！

兩個都不甘願面對自身問題的人，反倒在互嗆裡找到互信。羅利心想，不如我們交往看看？艾美卻大崩潰：「我一輩子都比不上喬，現在我才不要因為你得不到她，才退而求其次來要我！」

人生如戲，戲如人生。艾美後來仍舊嫁給了羅利，因為她終究對自己誠實，承認她從小就喜歡羅利——小時喜歡，或許為了與姊姊競爭；現在姻緣，終究是為了自己，何必為了賭一口姊妹的氣而放棄一生幸福。

電影裡有一段美好的轉折：艾美與羅利結婚後，回到美國與家人團聚。有一小段時間羅利與喬獨自相處談話。喬的心裡當然不是滋味（雖是我不要的，但妹妹拿去了仍然不爽）：

「你們相愛嗎？」

「是的。」羅利露出甜蜜的微笑。

我覺得那微笑真好。那微笑顯露真愛。沒有下馬威，沒有糾纏，沒有不捨，就是單純的幸福——請妳祝我幸福，但若妳不祝福，我也幸福。喬也是真正的血性女子，一看就知道這段緣分結了，是她要放手。這個男人此生不是我的，我有我的緣分。

這確實是姊妹間的復仇啊；姊姊不要的愛，妹妹接了去，打磨出完美的光彩。那裡頭的潛臺詞是，我比你行，你沒有眼光，你沒有福氣；但也因為這樣的復仇心態著實惡劣，艾美也覺得抱歉。電影裡也有一幕是艾美帶著忐忑不安迎向喬，祈求喬的原諒——幸好，姊妹間也終究是真愛，喬欣然給予祝福。皆大歡喜，姊姊與妹妹從此過著幸福快樂的生活。

家人之間的修煉都是為了幫助彼此成長啊：妹妹有所創造，不再向姊姊索求，而姊姊學習接納與祝福，接受妹妹擁有自己所沒有的美好——每個人都擁有各自的美好，看見自己所有的，也就能欣賞他人所有的。

母女

要真實地認識一個女人，首要認識她的母親。《小婦人》系列自然沒有輕易放過這個主題。馬區太太，洋洋灑灑兩本書裡的核心人物，一窩女兒圍著媽媽轉。

從很多角度說，馬區太太都是很好的母親。其一是觀念正確。對婚姻，她認為：

有好男人深愛你們並選你們為伴侶，是女人一生中最美妙而甜美之事，所以我衷心希望女兒也能有這樣的美麗體驗。是該期盼和等待，更要明智地做準備，像這樣等待幸福時刻來臨，才能準備好承擔責任也值得享受這份喜悅。

這段話讀來，與其說馬區夫人提倡婚姻，不如說她對女兒充滿信心與祝福，相信她們值得最好的，也鼓勵她們勇於承擔美好的事物。有些母親總是帶著恐嚇的口氣談論婚姻——等妳自己結婚就知道了——但恐懼只會肇生恐懼。像是馬區夫人這樣描繪美好，但同時強調美好需要承擔，是務實而健康地為女兒建立願景。

其實，馬區太太最好的是自得其樂，每天都活得滿足喜樂。人沒有辦法給出自己沒有的東西，母親亦然。不快樂的母親心裡若有犧牲委屈，孩子一定知道。孩子都是愛媽媽的——會千方百計彌補媽媽，彌補不了就會對自己生氣，然後就對媽媽生氣。引發惡性循環沒完沒了：媽媽覺得為孩子犧牲，孩子覺得怎麼做媽媽都不滿意。

快樂終究是一項人自己的責任，母親天天開心，孩子無處學悲學苦，自然也平安快樂。

Louisa May Alcott 兩本經典著作中，馬區太太一直是穩定散發愛的光源，她的女兒們在她身上獲得肯定、信任，這是一項難見的美德。母女真是連心的，母親的愛是女兒力量的泉源。《好妻子》一開場就說，「四個女兒將心交給母親保管，靈魂則交給父親。」這不若我們臺灣女兒志玲姊姊在婚禮上的誓詞嗎？「媽媽成為了我的心臟，讓我呼吸，繼續地有能量。」

母親對女兒的愛，若能無所障礙的流淌，不以犧牲、勒索繞道，女兒對母親也無須逃避、叛逆，甚至自我毀滅。很多女兒選擇伴侶都是為了媽媽：或者為了證明自己跟媽媽不一樣，或者為了代替媽媽再活一次——可惜，通常都是再掉進同樣一個坑。

馬區太太的三個成年女兒，在婚姻選擇上都相當重視母親的意見——雖然女兒這邊的小鬼肚腸是難免的，比方說喬也拿雞毛當令箭，對苦戀她的羅利說：「我媽覺得我們不適合。」

過去讀馬區家女兒們向媽媽徵求擇偶意見，覺得詫異；現在覺得合情合理。畢竟，媽媽是生命中的貴人，貴人說話多少有參考價值。雖然媽媽也仍然是人，無法倖免於貪念私慾，但潛臺詞後往往有知人知底的洞見。換句話說，媽媽的情緒勒索可以不聽，但媽媽對男朋友的觀察往往還是精準的——甚至精準到令人難以面對。

這，就要好好聽了。

富足

女人大可享有富足的人生。女人會生啊，會生就會賺。

富有的意義相當多元。其意義尤其不在於戶頭存款多寡，而在於可供支配的物質如何豐盈，以及如何能感受、享受物質生活帶來的喜悅。

第一個層次說來，工作與財富好像總是脫不了關係。女人應該工作，不只是因為工作帶來金錢回報（金錢只是副產品），而來自於工作能夠成就自我負責與價值。換句話說，女人這麼有才華，不工作太可惜了。

於此，馬區太太有精闢的見解：

有時雖然感覺很沉重，對我們是有好處的，一旦學會怎麼承擔，就會輕盈起來。工作有益身心……比起金錢或時尚，工作更能給我們力量和獨立。

雖然是出自於一百五十年前的美國家庭主婦，現時讀來卻毫無違和感。配上一張咖啡自拍圖，幾乎可以直接貼ＩＧ了。用現代語言說，馬區太太鼓勵女性自我負責，重視自己的工作價值，這是古今中外皆準的原則。而且，這句話從母親的口中說出來，特別有力量。

其次，我也喜歡馬區家樂於分享的教導——分享是富裕的一項特徵。錢很多的人不一定喜歡分享，但喜歡分享的人，生活一定富裕。道理很簡單，你願意分享，人就聚集，人若聚集，就有力量，有力量誰不開心？開心的時候當然覺得心情開朗，生活寬裕。況且，請客向來都是越請越有餘的，君不見喜宴後總有菜尾，過年後冰箱總是滿滿。

因此看著馬區家的女兒捐出自己的聖誕節早餐，我心裡知道，後頭一定有好事等著她們。果不其然，作者不就創造了一頓豐盛的晚餐給女孩們嗎？

其實人要富足，最重要的是要活在自己的使命裡。真心喜愛自己所作所為，相信每一分付出都有價值。眼見喬也遇過同樣的迷惘：自我放逐到大城市裡，紐約風雪讓她變得沉默寡言。她轉向追求金錢，不斷寫灑狗血小說賺快錢，而那並不是她真正的風格。

我很能理解——我們之間，誰沒有買過昂貴的包包、衣飾、化妝品？誰沒有比較過薪水，為了數字而做一份自己並不喜歡的工作、犧牲其實正當的娛樂與休閒？做自己並不是容易的路，因為這世界上有很多看起來很好、但並不真實的標準在眼前遊走，女人總是忍不住硬把自己塞進框架裡，因為符合外在標準比向內認識自己來得容易太多。

因此，也是最後，見得喬終於寫出了自己的故事，拿一群小女人的故事在江湖上掙得一席之地——我真開心。我感覺到古今中外的女人都開心了起來，故事裡的馬區姊妹，現實中的我，百年前的美國讀者們，以及世界上所有跟著喬一起迷惘的女性。我們都在心裡滿足地嘆了一口氣。

真好。還是要跟著自己的心走，錢才會跟著來，才來得安心。

情慾

《小婦人》系列畢竟是寫作於百餘年前的美洲大陸，與我輩現實距離甚遠。情慾——女人的情慾是很大的題目，基本上等同於人類生命的起源、物種的延續——很可惜地在這經典鉅作裡面，著墨甚少。

不過仍有重要的訊息。例如，女性的身體自主權已是隱約浮現的主題。小妹艾美在學校觸犯規定，偷藏零食，被老師打了手心，回家哭訴說不想去上課了。馬區太太接受了孩子，因為她不贊成體罰，「尤其是對女孩的體罰」。

成人——尤其是具有權威的成人，教師，醫師，長輩——經常忽略小孩的身體界線。尤其是小女孩，長期接受未經同意的身體碰觸，等於從來沒有機會建立自己的身體界線，枉論捍衛。體罰尤其是粗暴的侵犯，將身體界線化約成可以交易的物件：小孩犯了錯就會被拿走，小孩要服從才能拿回。這是危險的暗示。身體——尤其是女人的身體——從來就是天賦的禮物，屬於女人自己，不應該被化約成道德的貨幣。

女人的身體為何如此重要呢？因為女人的身體可以乘載生命，女人的情慾可以孕育新生命。是任何人類文明都必須嚴肅看待的一項存在。不過，人類在面對具有絕大力量的事物時，通常只會逃避，或者嘗試控制（但往往控制不了）。

以當時的時空看來，《小婦人》與《好妻子》將女性情慾限縮在異性戀婚姻當中，並不令人意外。

馬區家強烈的新教背景是切實的設定，幫助我們了解當時女性的處境。首先，女性的情感最好是灌注到婚姻當中，並且只灌注到婚姻當中。婚姻是極為嚴肅的，切切不可兒戲。羅利曾經惡作劇捉弄馬區家大女兒梅格，假扮為一位紳士約翰寫信給梅格告白。梅格本來就略有情意，收到信手足無措，後來發現是羅利搞鬼，氣得不行，馬區太太也不以為然；而羅利則需真心誠意地懺悔道歉。這一齣鬧劇似乎少見多怪，但一想也不無道理。在故事設定當中，婚姻與情慾之所以完全鎖在一起，可以說是出自於對性與生育的重視——除了在婚姻裡做愛生小孩之外，這群新教徒無法想像有別的可能性啊——這個僵硬的重視要過很久，經過一個多世紀的衝擊與發展，才逐漸放鬆。事實上，一直到今天的臺灣，我們都還在面對這個僵直的三位一體（婚姻、性、生殖）。需要很多社會、國家，以及公民的支持，此僵硬的想像才可能鬆動。

其次，也不令人意外的是女性情感的壓抑。兩本小說中沒有任何性愛描述，連一絲暗示都沒有。從現代的眼光看十分奇怪；畢竟，寫一群人妻的故事，不談床笫之事，不覺可惜嗎？例如，梅格與約翰婚後生了可愛的雙胞胎，但是婚姻卻因此發生問題。原因無他，梅格從妻子變成母親，從此只想當媽媽，不做妻子，難怪老公不想回家。讀到這段時，我心想，太簡單啦，梅格只要穿性感睡衣跟老公大戰一場，此關就輕易過了。再讀下去，咦，梅格確實是採取了相似做法，不過只是打扮漂亮跟老公吃燭光晚餐而已。可惜了後面直接換頁，跳行，下一章。

幸好，《小婦人》的作者畢竟是具有洞見的女子，能夠超越她本身的時空限制。

筆下仍然創造了走在時代前緣的角色。我們可愛的女主角喬，果然是勇敢為感情負責的女大丈夫。不僅膽敢向心上人坦白（「你要走了我很難過」），而且是在老公毫無準備的混亂情況下接受求婚（「她的裙子髒到沒救了，橡膠靴上滿是泥漿，帽子也全毀」）。簡單來說，老公不僅沒有買戒指，也沒有訂場地，甚至還在女主角妝髮全毀，大雨傾盆的路邊，就這樣求婚了。

沒關係。女人的愛慾是世上最明亮的力量之一。這些外在世界的匱乏，在女人的愛情前，就像陰影遇到光，毫無辦法地消散。

我讀著喬把老費帶回家，「彎腰在傘下親吻她的老費」，覺得非常驕傲。一個深情的吻大約是《小婦人》系列能描繪的極限——但一個深情的吻，也正是古今中外女人承諾愛慾的正統表現了。

愛情

是的，一群女人的故事，不可能沒有愛情。女人就是愛。

《小婦人》的紀錄是真實的。乍看之下，那個年代的女人過於被動。太多嚮往，卻太多等待。書裡的女兒們談論未來，想像著為男人持家；她們等著男人邀舞，等著男人求婚。我讀來很不耐煩，但是，也很快察覺到，百餘年來女人的等待沒有太大改變。女人仍然渴望為男人持家（雖然房子要登記在自己名下）；等著男人邀舞（場景不過從宴會廳換到夜店）；也依舊等著男人求婚（儀式不過增添幾顆鑽石，幾朵玫瑰）。

小婦人們的愛情非常真實。諸多真實的掙扎：控制、逃避、寂寞、恐懼。

凡是人，在愛情裡沒有不想控制的——控制是缺乏信任的症狀，而愛情正是鑄造人們信任的修煉場。梅格被求婚時耍的手段正是這種角力：

梅格害羞地偷瞄約翰一眼，看到他臉上掛著勝券在握的笑容，讓她不禁惱火起來。在良善小婦人胸懷裡沉睡的權力慾也驟然甦醒。她抽回雙手，任性地說，「請你走吧，讓我靜靜！」可憐的約翰，他的空中樓閣在耳邊轟然坍塌。「妳以後有沒有可能改變心意？不要玩弄我，梅格。」「我寧可你不要想到我，」梅格說，試煉情人的耐性和自己的權力，心中有種淘氣的滿足感。

梅格玩這一手，說穿了，不過就是一場自我加冕。這是女人的算計，贏要贏在婚姻的起跑點上，叫老公從今而後乖乖臣服於她。

不過，愛情永遠是大過於個人的——人只能在愛情之中，無法在愛情之上。梅格後來在婚姻裡也學習到了這一點。她想要老公臣服於她，結果卻是她必須臣服於自己對愛情的承諾。

愛情當然還會照映出其他人性弱點。親愛的女主角喬，為了逃避羅利的感情，居然一跑就跑到紐約去了，連聖誕節都不回來。在姊妹都陸續出嫁之後——尤其羅利後來與妹妹艾美共結連理——喬的寂寞愈來愈清楚。電影裡的喬有一段觸動千萬女人心的演出：

我覺得，女人有理智，有靈魂，也有心。她們也有野心，有才華，也有美貌。我真的好討厭人家一直說愛情就是女人的全部，我好厭倦！可是我好寂寞！

是的，渴望愛。愛是女人最大的功課之一，其原因不在於女人必然要追求愛情，而在於女人必然要駕馭由愛映照出的恐懼。在沒有他人關注的時候，女人仍然是可愛的嗎？一個多世紀前的小婦人，沒有能力給出肯定的答案；但二十一世紀的女人，應該可以自信地說，是的，我是可愛的，不因為他人愛我，而因為我本來就值得愛。

我本來就能給愛，我本來就吸引愛，我就是愛。

愛的美好也是真實無比的。愛不在別人身上，愛其實在自己身上。《小婦人》中親愛的喬，修愛情這門課，也是修得跌跌撞撞。從否認對愛情有所渴望，到逃避羅利的追求，她的第一場考試是勇敢堅持自己的感覺，對羅利說不。說不之後還有漫漫長路，還要經歷姊妹的死亡，體會心痛、心碎如何深刻。

一直要到心碎後，人才會意識到心真實存在。

走過萬水千山，喬終於意識到自己的心如何渴望親密，也終於準備好迎接自己的伴侶。老費的表白看似是遲來了，「在紐約道別那天，我沒有開口。倘若當時我說了，妳會願意嗎？」「恐怕不會，因為那時我沒有心。」這也是喬真實的表白。

愛情只有一種降臨的時機，就是在女人準備好的時候。至於，什麼時候是準備好呢？

大約就是如同小婦人們的故事吧——有一些危機，有一些困難，需要離開家去探索世界，也需要回到家來面對自己。學習自我負責，學習承擔，學習接納自己負面的樣子，也學習打磨自己的優點。然後，在還沒有太滿意自己，但甘願接受挑戰的時候，愛就來了。

夏天的食衣住行

食

夏天，夏天就是要吃芒果啊。

吃芒果是一種甜蜜狼狽的行動。芒果沿子剖開三份，果肉部分去皮切塊，果核剝開一圈皮收集成一盆。切塊的果肉甜甜蜜蜜涼涼，放冰箱稍後享用；橢圓多肉的果核，別無他法只能用原始但狼狽的姿態吞吸它。我想，所有臺灣人應該都有過這樣的童年——穿背心，雙腿中間放盆子，手臂脖子拉長長，伸嘴咬吸芒果核。黃色的汁水淋漓，流到下巴流到手肘，牙齒裡卡纖維，人吃得齜牙咧嘴但無比幸福，金黃色暖澄澄的夏天。

上週我站在辦公室的茶水間，齜牙咧嘴地吃一顆芒果，白色的無袖背心上沾了一點點嘗過甜頭的黃。解決芒果後我繼續站在水槽前解決衣服那點黃，一邊想，芒果核真是無法優雅食用的食物。優雅地吃芒果核應該要列入臺灣 fine dining 文化的發展評分項目。

臺灣芒果種類多，但什麼品種都好，有些是甜、有些是香，有些是水分飽滿。小時候還很常見酸酸甜甜的綠色土芒果，手掌大小，黏踢踢，一個中午可以吃掉七八顆（那時候怎麼都不會肚子痛），吃完一盆一件汗衫也報銷了。長大一點，印象中開始有胖胖大大的金煌芒果，香氣十足，果肉有一種獨特的軟Q；也有愛文芒果，紅豔豔的甜度爆表。前兩年吃過印象深刻的品種是綠皮的黑香芒果，成熟時表皮仍是綠濛濛，但切開來黃肉細緻，有淡淡的龍眼香氣，甜度比愛文有過之而無不及。今年的心頭好是夏雪芒果，封號為「鬩牆芒果」，因為太好吃了，一到貨家裡一定搶著吃，吃不夠會手足相殘兄弟鬩牆。夏雪的特色是一種充盈感，整顆果肉甜得平均豐滿，雖然纖維還是有的，但吃來溫柔豔麗，從第一口到最後一口都表現一致，是非常優秀的芒果。

從小被甜絲絲的芒果養大，其實也是一種原罪。在芝加哥念書的時候認識一個米國人同學約書亞，夏天我們一起游泳野餐，提著籃子逛超市時見到芒果。

約書亞問曰：「汝欲芒果乎？」

余嗤之：「此地芒果皆酸。」

約書亞驚之：「芒果固酸矣！」

余亦驚之：「該果甘味如飴！夏蟲果真不可語冰！」

芒果確實是國族認同的一部分，臺灣人覺得自己的芒果好，泰國人也覺得自己的芒果好，菲律賓人當然也覺得自己的芒果好。平心而論，菲律賓人的芒果的確不錯，蝦醬芒果青很有我們南部番茄切片蘸薑末醬油的氣勢，值得一試。另一項菲臺友好的共通點是菲律賓人也吃虱目魚（有大量的養殖業），用蒜糖椰子醋醃魚肚，下鍋煎。我第一次吃到 kamayan 是在多倫多，大桌鋪開芭蕉葉，上擺米飯與各式海鮮（當然也包括虱目魚），用手指直接抓著吃，驚人的份量驚人的美味；那時覺得身心靈滿足，深刻體會到自己的南島魂果然是從熱帶的海洋與土地裡孕育。

舌頭永遠做不了叛國賊。同是吃魚，吃水果，旅行過全世界還是最習慣吃從小知道的那一種吃法。吃鮮甜的生干貝、吃水潤潤的桃子是好，但心知那是皇民；吃饒富滋味的燻鮭魚、配清新的柳橙切片，這也非常好，但是來自另一座海洋的禮物，也不是我的。

我終究是島嶼的孩子，喜愛熱情直接的水果。

衣

今年夏天比較懂得穿衣服了。

有很長一段時間，我對於夏天的衣著非常沒轍。因為夏天穿得少，覺得自己看來胖，對短褲短裙都戒慎恐懼，貼身無袖也不自在。熱天穿衣也怕不得體，涼鞋露趾有點太輕鬆，背心露胸有點太性感。

夏天遍挑不著顯瘦的衣服穿，我想我不是第一個。難處在於，為了要讓身體呈現特定的樣貌，顯瘦的衣服都是來穿人，不是給人穿的。比方說，緊身褲勒著肚子大腿，鋼圈內衣撐著胸部，人卡在一層不屬於自己的道具裡，坐不下也吸不到氣。其實不舒服還是其次，最難過的是在夏天裡，身體被勒著撐著悶著，委屈出各種病，起汗疹的有之，尿道炎的有之——某日在婦產科看到衛教單，夏天不要穿緊身牛仔褲，可知悶壞的小妹妹不是一個兩個，是集體現象。

夏天不知道穿什麼衣服去上班，我想我也不是最後一個。首要矛盾在於，外面很熱，但辦公室裡很冷；任何涼爽的衣服穿進辦公室裡，風口半天就感冒。次要矛盾在於，吸汗通風的衣服看來總是很休閒，專業挺拔的打扮總是會在太陽下融化成一攤沾著睫毛膏浮著蜜粉的汗水。

我後來才想通，在動輒流汗的盆地夏天裡穿得舒爽，是一門順服自己身體的功課。任何不接納自己身體原本樣貌的行為，都是反常的。而反常必定折磨。身體順應著天候，會有相應的發展。穿衣如同所有天地運行的法則，順天則生，逆天則亡。

所謂的亡不是死絕，而是與自己的身體隔離；與自己的身體隔離總是無所適從。以前對夏天衣著沒轍，是與自己身體疏離的表徵。顯瘦的衣服自然是給不覺得自己有瘦可顯的人穿；但一個覺得自己無瘦可顯的人，需要的並不是瘦，而是看見自己有何料可顯。想要透過衣服來獲得權威與專業的人，首要是相信自己有權威與專業，才有可能找到相稱的衣物襯托那種特質。

今年夏天我克服了一些事，也接納了一些事，因此自在許多。一方面我克服了買衣服的心魔。買衣服要活在當下：衣服不是買給瘦了的自己穿，也不是買給明年換季後的自己。不貪便宜多帶一件，也不嫌貴少帶一件。衣服只買怦然心動的那一件，一見鍾情則收；沒有就放。

五月的時候，買進一件材質柔順的白色背心。當時是初夏剛換季，沒什麼折扣，也略有保養的擔憂。但真好看，踏踏實實地撐起一種知識的氣質。捫心自問，真真心動，於是放心刷卡帶它回家。果然，整個夏天都很喜歡穿它，一週一次的那種特寵。

接納是另一門持續修習的功課——如實地接納身體的原本樣貌。其一是不再限制自己穿衣的資格。比方說，穿短褲不需要什麼資格，腿粗腿細，能穿褲子的就是好腿。事實上，短褲真的涼快啊，我甚至會穿背心與短褲出門了，涼風吹一吹，很舒服，裸露的手臂給太陽曬出痕跡，很驕傲。

其二是探索自己的特質，而不是強逼自己表現某種氣質。夏天總是要穿洋裝涼鞋的，不過什麼樣的洋裝涼鞋適合自己，是真正的問題。蝴蝶結或楔型鞋，不像我；一字領或細高跟，還無法駕馭。我花一些時間網購，買了幾次退了幾次，更多地認識了自己。因而也能夠穿著海軍藍的紗褲裙去開國際研討會，在一群戴袖扣打領帶的高加索種人間依然自在，不覺自己年輕，也不覺自己老成，不覺自己顯眼，也不覺自己渺小。穿了自在的衣服，很自在。

衣服也是自我的延伸。夏天的炎酷，幫助我們認識自己，在天人之間合一。

住

住在夏天裡最重要的是適當地流汗，適當地補充水分，也適當地睡覺。

這個夏天以來我每週都有一天起得特別早，上七點鐘的瑜伽。瑜伽老師不開冷氣，一大早也還不那麼熱，一群女人就順著氣溫慢慢爬升、慢慢伸展。瑜伽看似是很安靜的運動，其實充滿內在張力，我常常進入動作之後感覺到身體從深處擴張開來，不可控制的汗水宣洩而出，沖刷出更深刻的空間。汗流浹背竟然是非常舒爽的體驗。

大流一場汗之後稍事擦洗，換上乾淨的衣服去吃早餐。喝下優質的熱咖啡時會感覺到比一般清醒更加明亮的清醒。此時會想起村上春樹說，跑完步後喝冰涼的啤酒，非常幸福——但我想，村上春樹應該是胃非常好、也不會生理痛的人吧。

住在夏天裡最好的另外一件事情是睡午覺。我心目中完美的一天是早上五點鐘起，散步、運動、沖澡，早餐吃芒果跟優格，然後讀書寫作。因為早起，所以早上變得很長，能夠不疾不徐地完成一個段落，隨著肚子餓吃簡單的午餐。然後躺到緩緩擺頭的電風扇旁午睡。午睡醒來，迷迷糊糊間喝室溫的冷泡茶醒。

夏天的午睡比夜裡長眠更容易作夢。某日我在辦公室裡，同事午睡醒來，臉上有淚痕。坐直了跟我說夢。她的夢又長又複雜，人物有過去十幾年來緣分深淺的諸人，背景又是她故鄉的市井、又是現在工作場合。先是古早舊情人傳訊約會面，走在路上莫名其妙地遇見隔壁辦公室主管，然後在餐廳裡久等不得指定的菜餚。我的同事是溫和善良的少女，但在夢裡，久等不耐，她居然氣得大力拍桌咆哮。

「……妳睡半小時就夢這麼多啊。」

「真的是黃粱一夢。我夢醒了妳便當都還沒吃完耶。」

夢是一場展演，忠實反映人心。潛意識如電影大師，層層疊疊堆砌出一幕幕好戲，演自己給自己看。我想，因為夏天是旺盛的季節，所以夢多，埋藏在心底的許多情緒與記憶都會趁著張狂的節氣浮出意識表面。

其實夏天真是適合作夢發呆。別的不說，午後雷陣雨就是最好的斷電時間，躺著動也不動地獨處思想。

夏天的雷雨每每很好地提醒我，萬事皆有時，聚散看似無常，其實再永恆不過。早上還萬里無雲，下午很快就烏雲密布，傾盆大雨下來時人真是手足無措，只能找個遮蔽處等待。車水馬龍都急急走避。幸好雨總是會停——雨停了，阿雜都被沖刷走了，人走在傍晚的清新裡變成一隻溫馴的小獸。

近來也有不少朋友主張夏天不吹冷氣。說是身體裡濕氣重，正常地流汗才能讓濕氣排出。我也認為有些道理。少時喜歡在冷氣房裡做所有事，後來感覺冷氣吹整天會有一種昏沉——類似大太陽下喝冰水的錯亂——因為冷氣的冷靜是一種假象。夏天正熾，日正當中的時候萬物只能靜默地承接能量，身體應該順服所向無敵的夏天。但躲在冷氣房裡會讓人以為可以與天作對。住在城市裡尤其是，與天地都失去直接的連結。

不過，無論我們躲在什麼樣的建物或文明後面，人終究是天生地養的，身體自有共鳴，還是想呼應暑氣好好休眠。因此，日出前後還是想在有樹有水的地方散散步。留一點汗給本應該活在自然中的自己流。喝水，喝得飽飽的，讓情緒浮起來，讓它們被看見，被包圍，被夏天烘得軟軟的，蒸發掉。

夏天，有閒適的心情就能安住，古語說心靜自然涼，誠然也。

行

夏天的時候適合出去旅行。不，夏天的時候，應該出去旅行。

前幾年我很喜歡去西歐。從我讀書的城市飛，很快就到達另一塊大陸的夏天。高緯度的地區陽光充足卻乾爽，適合把自己攤開、吹拂、晒淨。有很多古老的美好可以拜訪——在火車上讀書，背景是綠的田野；在老城散步，吃開心果口味的冰淇淋，像《托斯卡尼豔陽下》裡拍三個修女邊走邊吃甜筒那樣。

今年都在臺灣，島嶼提供旅行另一個想像的象限——坐火車還是很合宜的，開車很自由，騎機車則是很純正，很臺。

我雖然不是鐵道迷，但是也很喜歡臺鐵支線的各種小旅行。比方說，臺北近郊適合再次造訪平溪線，在瑞芳車站旁過夜。火車低聲隆隆適合休眠，整場旅行我就是在換地方睡覺，去程一路睡，到了貨運大屋改建的民宿足足睡滿十小時，隔天坐十分鐘、五分鐘的區間車坐下來還是瞇瞇眼。最後回程本來計畫轉車去基隆，上車後秒睡成一攤泥，只好再一路睡回臺北。吳明益有一本小說名為《睡眠的航線》，主軸之一是越洋的大輪船，推薦我這本書的編輯說她讀了意外好眠，我也頗有同感；但經驗幾次一路狂睡的火車旅行之後，我思索或許該寫一本《睡眠的鐵路線》。

火車嗜睡，其實開車何嘗不容易睡。夏天日照時間長，適合爬山；找個週末，幾個朋友相揪去爬山。上山路歪歪扭扭，大家又很興奮，一路說話說個不停。百岳爬了幾座了？這個剛去日本爬御岳山，那個去秘魯爬馬丘比丘。下山路歪歪扭扭依舊，不過人也都累得歪歪扭扭，一個個都睡著。坐在副駕駛座的我還是晚一步睡去（很有義氣地陪司機聊天），看山景，海拔一千七百公尺，霧氣繚繞的柳杉林。

臺灣的綠是山島的綠，不是廣袤大陸的綠，真奇妙，世界的綠千百種，但家鄉的綠還是最入眼。

要感受家鄉的綠，騎機車還是很好的體驗。身為高雄子弟，我們都是十八歲一到就騎機車趴趴走。機車在夏天裡最能感受烈日當頭，因此也最能感受綠蔭的重要性。等紅綠燈每每看見一群機車騎士塞在小小的行道樹蔭下，求一點一瞬間的涼。有一種色彩氣功學說綠色是療癒的顏色，身為機車騎士，我很相信。

行在夏天裡，還有一項不可忽視的城市記憶，腳踏車。本來騎腳踏車在我是一件未曾掛心的小事，但這個夏天又讀了吳明益的《單車失竊記》，突然感覺到這神

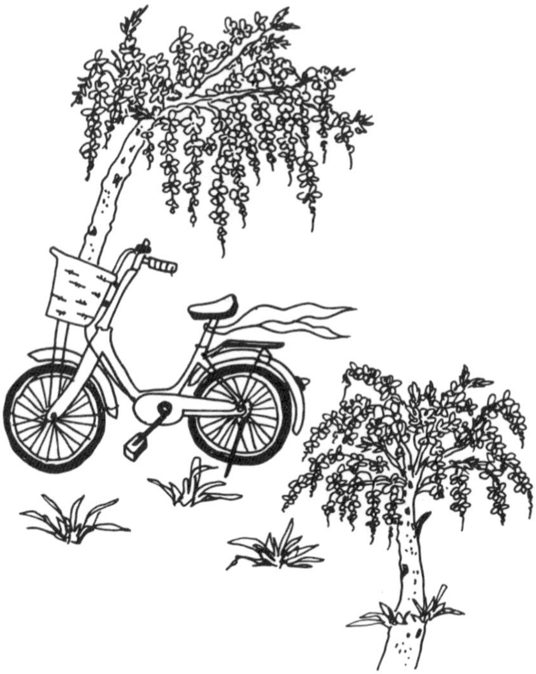

奇機械在臺灣的歷史縱深。於是看完書的那個晚上就去綁定了悠遊卡騎 UBike；是的，我出國讀書前還沒有 UBike 這東西，回國後我也始終沒有機緣去設定。

腳踏車行在臺北，像是一場運鏡流暢的電影。溽暑的濕度變得不那麼窒人了，空氣流轉起來，小腿間涼絲絲的好像一條柔軟的絲巾拂過。臺北的巷弄向來是最為人稱道的風景，美在日常，騎腳踏車可以一種合宜的速度欣賞。家家有座獨特的城堡，也有日式老建築，也有方正新建案；店面也都可愛，繽紛的水果，亮閃閃的飾品，而麵包店總有溫暖的黃，或者 7-11 總有明亮的白。

一路騎著車，呼呼而過，夏天好像也就這樣忽忽惚惚地過了。

秋

每天都活著我的最好版本

上市場

傳統市場是階級分明的。市場阿姨對人自有評價，她看好了你才有資格買，有些菜你可以買，有些菜，朕沒說給的你不能要。

見有少男少女單獨上市場，站在菜攤前端詳某菜良久。

「阿姨這是什麼？」

「麻荈，那個你不會做啦。」

「那這個呢？」

「彼是刈菜，會苦。來啦這個空心菜炒一炒很好吃。」

「……這個呢？」

「那個可以，A菜，燙一下就可以吃。這個你可以買。」

也聽過女友上市場買菜，想跟阿姨買塊薑，阿姨抬眼上下打量她一番，「你咁有生囡仔？」剛新婚的女友頓時緊張又傻眼，「我、我無，我還未。」「彼是竹薑，真辣，做月內用的，你不必買。」女友鬆一大口氣，一邊疑惑自己為什麼要鬆一口氣，一邊謝主隆恩式地接過阿姨遞過來的一般老薑。

當然也有廚藝精湛的友人，年不到三十，外表看來是斯文遠庖廚的君子，裡頭是大刀大火的青年師傅，上市場像是論文口試，面對各攤阿姨的懷疑，過關斬將才能買到菜：

「阿姨，大腸怎麼賣？」

「彼尚未處理捏，你咁會曉洗？」

「阿就用麵粉去洗啊。」

「這裡面很油呢，我沒空幫你處理。」

「有啦，我知道要翻過來啦。」

「好啦，要多少？」

我在菜市場裡最容易手滑的品項是水餃跟熟食小菜。我最喜歡市場裡一攤婆婆媽媽圍著鐵皮檯子包水餃的店鋪，令人安心的歐巴桑經濟。十指翻飛間一個個白胖胖的餃子掉出來了，而歲月掉在餃子之外。好吃的水餃數十年如一日，像臺大法學院邊的龍門，我小時候跟著老師同學去吃，到現在同學們都做議員了、做教授了、兒女毛孩成群了，龍門的滋味還是一模模一樣樣，令人心安。

熟食小菜也是一不小心就買到散盡家財。士東市場有一攤賣麵筋烤麩，我買來配早餐吃，一次可以吃掉小半盒。因為士東市場對我而言太遠了，幾乎像是松露一樣珍貴的要省著吃，不然一週還沒有過完，每天早晨起床的動力就沒了。還有一攤賣香腸、臘肉等各式熟食肉品，我也是失憶般地買，搞不清楚自己家裡有多少人，厚厚的花枝甜不辣一買一大包，誤以為自己要賣關東煮。這些店當然都只收現金，而我是常常只記得帶卡出門的人，真真是每次都買到一文不剩。

偶爾遇到年輕的市場商家主人。不知道為什麼，傳統市場裡總有一攤水果攤少主有強壯的手臂。看他們細心地擺弄肥美的蘋果水梨，請他捏捏拍拍彈彈我挑好的西瓜或香蕉，總覺得那生命力垂涎欲滴地令人有點害羞。

◆

有人覺得傳統市場煩，但說來人情味跟煩不過是一念之間。

家附近市場裡有個小店，賣三種價格不一的蛋，放養、紅心、有機，好像都很不錯。第一次買蛋，我拿不定主意想了很久，店主調侃我，「啊買那麼少還問那麼多。」當下覺得很不好意思，拿了蛋趕緊落荒而逃；但後來想想我何必臉皮薄，下次還是去跟他買。

有些人就是愛碎嘴啊，是他表達愛的方式。可能他從小也是被父母一邊嫌一邊照料長大的，出來做生意，看到客人，他也只會一邊碎念一邊幫忙挑好東西給你。我的經驗裡，嫌我買得少的菜市場店家，也還是願意送點蔥薑——煮飯份量小沒關係啊，還是送一點香料讓人做菜有滋味。

其實市場的生意人，人來人往見多了，眼睛都雪亮。剛與S開始約會沒多久，某天早上去市場買菜買早餐。早餐店老闆直接把燒餅油條豆漿水煎包遞給跟在我後面的S，「你是來提東西的吧，」老闆笑咪咪，轉過來對我說：「對人家好一點！」

啊，我還以為我欺壓男人的氣勢藏得很好……好，是我修行不夠，我改。

傳統市場是充滿生命力的地方。走一走，感覺臺灣的物產豐饒。茄子是紫色的，苦瓜是透白的，各種蔬菜有不同的綠，穩健的綠、水嫩的綠、流暢的綠。人由土地滋養長大；而人之於土地其實非常渺小，一人需要的溫飽，之於臺灣豐產的質量之大，不成比例。逛市場讓我覺得自己很渺小，能帶走的很少、能吃下的也實在少。但面對天地之大，自我的渺小令人心安理得，心悅誠服。

感謝臺灣這塊土地，要多少都能給我。

我也感謝前人建立運作得宜的市場制度，讓供給充足而分配有效率。過去有一段時間，我對政治很焦慮，也會賭氣般地說鬼島這般、鬼島那般。這幾年，不說了。我逐漸看見臺灣的平凡其實是文明的表現。一個人來人往的市場，正常供應蔬果肉品；一場全國性選舉，幾小時之內就協助政權更新。沒有匱乏、沒有暴力，我習以為常的一切，其實都不是必然，而是千百萬個事件不斷積累，讓我來到這平和的日常。

臺灣不是鬼島。說鬼島是因為希望她好，但她沒有我心裡的那麼完美、那麼好。現在我接受了她並不完美，如同我也接受自己的不完美——但我深知我每天都活著我的最好版本。臺灣也是。

忘記這件事情的時候我會上市場去。讓傳統市場的生鮮氣味，叫賣，人與人之間的交手來往提醒我。這是臺灣最真實的樣貌，她餵養我，她的色彩繽紛、我有很多不明白的細節待探索，但我屬於這塊地方。她已是她最好的樣貌，是我要為她成就她更好的未來。

安宅

夏天要結束的時候，我遇見了一件奇特的事。有一戶公寓自己跑來找我。

我的租屋處承租於一個年輕的物業管理公司。是我很敬佩的新創團隊，專門改造公寓、打造居住空間，在臺北各處租下整層整棟的公寓，投入修繕經費，然後再將宜人居的生活空間轉租給年紀相仿的年輕人。

「房子是租來的，但生活不是。」這是團隊的想法，我覺得說得真好。我所承租的物件確實反映這句話——空間是租來的，生活卻是自己的。位於天龍國，一戶不可思議的五房公寓，一間可以看到一零一大樓的臥房，有寬敞的臥榻，長形的書桌，非常適合當時需要宅居讀書寫字的我。每天都安心對著大窗戶靜坐，工作，吃水果，打瞌睡。

在天龍國住了一陣子，公司的另一戶新公寓跑來找我，「這是我們最新的一戶，要設計給小家庭的。」團隊裡的朋友丟訊息來，邀請我去看最新物件。新公寓有很大的廚房——「廚房就是新的客廳」，朋友說——有小吧檯，前後兩個院子，還在房子的中間設計了一個方正的空間，可以做瑜伽。沒有電視。公共空間非常開放。有一臺鋼琴在角落。

看見那個大廚房我就看到宴客的畫面。這是一張可以坐六到八人的長桌，廚房的吧檯可以放滿食物。我站在空曠的客廳裡，開始想像：我們可以立一棵聖誕樹，然後準備整桶熱紅酒，大家可以圍在鋼琴旁唱歌。這裡放地毯和地墊，也需要小茶几，人們可以坐在地上聊天，也可以圍在那張沙發旁聊天。冬天派對時需要開放一間房間做衣帽間，讓客人放外套跟包包。但是，客人的鞋子要放哪裡呢？

我一直都想在臺北過這樣的一種生活：桌邊常常有客人。高朋滿座，笑聲不斷，有很多食物。

我很快就決定搬家。不搬家的理由很多——我喜歡當間諜天龍人，原來的公寓通風明亮，附近有夜市，有好吃的家常菜館，有可愛的花店與豆漿店——但新家帶來的訊息很明確。我的夢想自己跑來找我了，我現在就可以活在我的夢想裡。我現在就要開始過這種生活。

曾經，我以為要在很遙遠的未來，我才能在臺北遇見一戶好房子，很大很舒適，充滿年輕的正能量可以招待客人。我以為我將為這個夢想努力一段時間，也有信心我將負擔得起。但是，這戶房子以我未曾想像過的方式實現。夢想中的生活空間來找我了——我現在就負擔得起、明天就能拎包入住。

我只要點頭就可以了。

◆

安宅後諸事皆好。是一間很有福氣的房子，桌上經常會長出美麗的花朵與好吃的水果。我們在這間房子裡果然招待了很多可愛的客人，客人帶來很多精采的食物，餐餐都吃到風水輪轉，笑聲綿延不斷，誰也捨不得離開，誰都樂意下次再來。尊重生活的人吸引到愛人愛己的朋友，彼此越分享越多，生活越過越好。

某天晚上，坐在廚房裡跟室友聊天，客廳裡坐著團隊的幾個人，也是閒談也是開會，寫著夢想的便利貼布滿牆面。室友說，我們團隊呢誰是臺中人，誰是高雄人，就是沒有臺北人。我聞言大笑，當然不會有臺北人啊，臺北人住在家裡，何必到外創造生活空間！正是因為離鄉遊子在臺北流離失所，痛定思痛，才會創造團隊、為他人貢獻、改變市場啊。

想想是一段很有智慧的人生至理。人類最偉大的創造，毫無例外，都是從最困難的地方產生——想來個人的生活也是如此：最大的障礙，就最是我要有所成就的地方。

生活的美好，同樣毫無例外，總是有願就有力，完全掌握在自己手中，甚至睡手可得。唯一需要訓練的不過是許願的能力——在夢想來到眼前時，能夠清楚地辨識出來。

MUSIC

豪門宴客

臺北還偶爾聽聞誰人是世家閨秀，誰是富商千金，或者哪個女校專出官太太，哪個貴族小學都是將相之後。女人在這些敘事裡，被關係定義的角色還是多。誰的女兒，誰的姊姊妹妹，誰的太太，誰的小三；再加上一些形容詞或動詞，叛逆的女兒，顧家的姊姊，鉅子的能幹夫人，得人和的二房以及上位的小三。女人與家庭還是一組互為表裡的詞。女人從哪個家來，進哪個門去，至關緊要。

不過這些系統慢慢改變了。現在這個年代，人人可以獨立做主——女人不必嫁入豪門。我本人就是豪門。

豪門首要之務自然是宴客。以前讀王宣一的《國宴與家宴》——是上一代飲食文學的經典，持家女子都應該有一本——印象最深刻的是作者筆下母親的大家風範：

我不只從母親處自然地學到了一些廚藝，更重要的是，看到她在做菜時，散發的自信與從容……我一直記得母親穿著晚宴旗袍，在廚房進進出出的樣子。前一分鐘還在廚房忙得灰頭土臉，下一分鐘就輕輕鬆鬆端出一盤漂亮的菜，富富泰泰地好像不曾經歷之前的油煙、忙亂。

宴客不是矮化自己，服務客人。宴客是家有豐盛，樂於分享。既然心有豐盛，姿態當然也是寬裕的。我於是也學習到必須預留一點梳妝整理的時間，整整齊齊地跟客人們一起坐上桌吃飯。在家宴客自己也是座上賓，穿著打扮也必須有貴賓的位格。

其實要成為豪門不容易，需要一股扎實的底氣。著名英劇《丹頓莊園》（Downton Abbey）裡，煞氣的管家卡森先生言簡意賅地總結豪門的作為：「我們待客。」（we entertain.）宴客是豪門之務，宴客是一種豪門存有的表現。但是，宴客百百種，不同時段的餐宴有不同的計畫——豪門如我，是單身女子公寓的版本，主人同兼房門廚娘侍酒師——更需細心計畫。

如果是一群人到家裡來吃早午餐，必須準備豐富的甜食，也必須準備熱香濃的咖啡與茶。紅茶是經典的，但烏龍茶是島的驕傲；我喜歡Fortnum & Mason的皇家混搭（Royal Blend），或者臺東鹿野的蜜烏龍，都能讓客人滿意。我最得意的早午餐作品是自助式的可麗餅。一片片新鮮的可麗餅從平底鍋裡起床，散發奶油的香氣，積累成疊陸續上桌。桌上準備各式莓果，手打鮮奶油（務必買乳脂35％以上的鮮奶油自己手打！），巧克力抹醬，火腿，起司，還有同樣用大量橄欖油做成的蒜焙蘑菇。想吃什麼自己捲。所有食材都是一鏡到底地簡單，但細心對待，每一樣都好吃得不得了，所以C六取二，任意組合都有指數倍爆發的美味。

如果是午餐，那適合Pot luck（分帶共食）。Pot luck的好處在於省時省事次次不一樣，困難之處在於主軸一致。世界大同是很好吃的，但是中西具劣就不太好。所幸我身邊的朋友都很會吃也很會買。至今吃過很多隨興所至的搭配，沒吃過不好吃的。

主人應該準備大份量的主食，請座上賓帶冷盤、前菜、吃巧的肉品，酒水或者甜品。我通常烤一隻雞，蒸一隻魚，或者前幾日先做一鍋燉肉。澱粉的部分準備一大盤寬麵，半煎半炸的馬鈴薯塊，或者，如果要搭配湯湯水水的肉食，要特別去買法國棍子麵包，按下去會自然彈起、麵皮扎實會刮嘴皮的那種。我也經常指使出席的朋友們四處奔走，採買其他熟菜——鴨翅鴨脖子，醉雞蔥油雞——或者適合外帶的冷盤——青椒鑲肉，蔥烤鯽魚——最後，我還會準備兩三種蔬菜：烤櫛瓜或茄子或蘆筍，按照時節清炒一道高麗菜或茭白筍。想要有點變化的話就用白色花椰菜沾沾自行亂搭的咖哩粉。夏天的時候會想要吃清爽的沙拉，我喜歡芝麻葉、酪梨與葡萄柚的搭配。

Pot luck 最偷懶的一種客人是帶酒的，次懶的客人帶甜食。懶惰但是臉皮薄的人就會又帶酒又帶甜食。無論如何，都是有所貢獻，是故宴客的時候也仍然誠摯歡迎懶惰的朋友。其實物以類聚，懶惰的朋友也是因為有我這懶惰的主人。記不得有多少次宴客，客人一個又一個出現，一個又一個都遞上一瓶酒以及一枚抱歉我沒帶什麼菜的微笑。

好啊，每個人都不帶菜只帶酒。好啊，讓我們懶在一起吧——再開一瓶酒。

晚飯是宴客最終極也最經典的時段。我有時嚴陣以待，有時隨隨便便。隨便的理由很簡單，因為工作忙，而且其實我懶。幸好我也不是世界上唯一一個四體不勤的主人；事實上，豪門之主誰不懶，以前需要很多僕侍，現在只需要網路。透過網路訂餐宴客，不能說沒有技術成分；甚至可以說是一門專業。如何精美地搭配不同店家的專長，組合出一桌冷熱兼施，有張有馳的晚飯，其實非常考驗主人對城市美食的掌握程度，也是身為豪門的基本功。

不過，自己下廚宴客還是必要的訓練與表現。在豪門發展初期，切忌眼高手低——豪門女子的心很大，眼光很準，但手腳得勤快踏實——我有個三大三小原則：大菜準備三道，小菜也準備三道。大菜運用不同的廚房器具，烤煎煮蒸，多線同時進行，客人來時才不會手忙腳亂。小菜事前做好，到時候一熱就可以上桌，吃冷菜也可以。若是四到六人的家宴，六道菜加上澱粉與湯品綽綽有餘了；客人再多，就用麵包、起司盤、水果跟美酒搪塞他們。

宴客要有重點。一場晚宴必須呈現一兩道手路菜，以示豪門派頭。可以是地方時令特色的食材，或者是飄洋過海的技術或食譜。念書的時候招待其他留學生，重頭戲經常是肉燥飯，或者油飯；只要使用炸得乾淨的紅蔥頭以及真正出身臺灣的黑香菇，就能夠輕易地讓一群臺灣人吃得痛哭流涕。在臺灣的花樣比較多，可以做些引起南北鬥爭的菜式，例如春捲，客人吵起來場子就熱了；或者挾洋以制中，做些道地好吃的外國料理，例如西班牙烘蛋（tortilla de patatas）；又或者找來市場上最新鮮的魚蟹蝦。好食材用不著太好的廚師，單純一蒸一烤就可以征服全場，一招平天下，正好適合剛起步的豪門。

我的豪門起家菜有一些：檸檬奶油烤雞，番茄羅勒烤雞，煎鴨胸（一定要配鴨油煎馬鈴薯！），迷迭香牛排，啤酒燉牛肉，可樂豬腳，紅燒肉，蒜頭蝦，白酒淡菜，味噌白醬鮭魚（或者味噌鮭魚就很好吃）——以及各種魚，我自己都不記得名字但是市場老闆說這很好吃的各種時令魚。

關於魚，江湖一點訣，說破不值錢，無論你在世界上哪個角落，你家附近總是有個當地人的市集，市集裡總有個乾淨整潔的魚攤。那個魚攤老闆就是你無論如何必須成為朋友的人。跪求也好，阿諛也好，撒嬌也好，威脅也好，總之黏著他巴著他，請他賞你魚吃。當他賞你魚吃的時候，請教他魚要怎麼做，臣服他的教誨。然後你會獲得令人滿意的結果。

最後晚宴務必要有強而有力的結尾。賓客是一種奇妙的生物，肉足飯飽後，你說，還有這樣那樣的甜點，人人皆忙不迭地推託；但你一把點心擺上桌，又會瞬間完食，還得上第二輪。這心口不一我也能夠理解。我嗜甜食，甜食是我軟弱的缺點，我難以信任不愛吃甜的人，因為不知道他的弱點躲在哪裡。不過，也因為嗜甜，我也很了解甜點不容易自己做得好。是故宴客時多半是刻意訂購。我喜歡臺北城裡沒有店面的甜點車，巡迴販賣的檸檬塔、生乳捲，驚為天人的美味必須亦步亦趨地追尋，是我對客人的一份心意。我也喜歡任性的甜點師傅，每天看心情隨機出爐：蒙布朗、聖多諾黑、千層派，新年時分才有的國王派。（分派下去，看誰咬到小小的瓷王冠，啊，是最幸運的客人！）

宴客很需要好好做功課。平常得四處探訪，累積清單，也正是豪門派頭從日常做起。

其實，最富足的豪門派頭真真是日常：打開冰箱，無論何時，總能變出一桌晚餐。一大盤韭黃與高麗菜水餃，燙菠菜淋胡麻醬；煎黃冷凍庫裡常備的虱目魚或鯖魚；烤箱裡烤兩條香腸切一點蒜片。搭配黃金泡菜，開一瓶啤酒就是舒心的一夜。無論誰隨時來都能獲得一份療癒心胃的招待，單身一人也飽愛自己。家常菜最是寬裕，隨手拈來皆是飽足。

豪門的日常，就是這麼樸實無華。

臺灣是一塊自由的土地，被海洋懷抱也懷抱海洋，不曾養成世襲的貴族，天地鬼神也沒有劃定人種的優劣。雖然難以倖免於權力與金錢的影響力，但臺灣終究是個年輕的現代社會——而社會分化意義下的階級，仍有很大機會由自己定義。

如果我願意，我就是豪門。豪門不是一座門，豪門是一種心理狀態。心胸開闊，生活富足。

豪門宴客不是擺闊作態，而是心有豐盛，樂於分享。豪門如果有門，門必然是開的，人進來，豁出去，有施有受，互吃互榮。

56

歐吉桑

最近注意到臺北城裡的歐吉桑。過去知道他們存在，卻沒有理解他們的存在。思前想後，大約是歐吉桑經常性地占據各種版面與位置，看他們理所當然以為自己是世界繞行的核心，那種神氣不令人喜悅；不過，我也在對抗與服從兩種策略外，學習合宜的方式與歐吉桑共處，甚至逐漸發現他們的可愛之處。

歐吉桑最討厭的是說教（Mansplaning）。工作場所，聚餐，處處可以看見誇其談的歐吉桑，一開口就停不下來。不懂裝懂，只說不聽。最喜歡說過去的豐功偉業，也最喜歡數落眼前的年輕人，不管正在進行的話題是什麼、身邊的人給他什麼回應，說教的歐吉桑總會迴圈（Loop）回到自己的回聲筒裡。你談一段時事，歐吉桑講五百年古；你說兩句工作，歐吉桑花兩小時指導你的專業、評論你的老闆、分析你的產業、最後吹噓他的成就，再問你是不是從他身上學到很多。

那樣的對話不僅很難延續，甚至是相當耗能的——因為對方只想要從談話中吸取能量、獲得肯定，並沒有打算經營良性的互動，進而分享貢獻。年輕一點的時候我還會積極聆聽，心想，就算對方說了一百句垃圾話，也終有一句值得資源回收吧；現在是資深青年了，也就理解到說教的歐吉桑其實是幼稚園小朋友，他需要的只是注意力，你只要適時地點點頭、以狀聲詞或虛詞回應，對方便能夠無止盡地自得其樂下去。那自得其樂也沒有不好，只是誠實的空虛。歐吉桑有歐吉桑喋喋不休的問題，我自有我學習接納同理的功課。一邊點頭稱是、一邊放空時，偶爾會想到日劇《我要準時下班》裡的女主角東山結衣，在居酒屋裡不疾不徐地與前輩交手：

「我們在妳這歲數的時候，上面總對我們說多幹點活，要拚命幹活，然後我們就拚命幹活，從沒想過準時下班什麼的，像傻瓜一樣拚命工作……」

「然後泡沫經濟就崩潰了，是吧？」

歐吉桑次討人厭的是膨風。有些歐吉桑是缺乏自信的黑洞。無論再怎麼成功，你對他的稱讚總是肉包子打狗有去無回，只會一直跳針，「沒有啦、我很窮啦；沒有啦、我很弱啦；沒有啦、都沒有人注意我」；但如果你對他的成就興趣缺缺、緘口不言，他會立刻轉向自吹自擂，「其實我被某某雜誌專訪、其實我們團隊剛拿獎、其實我賺很多錢！」也還是像隻狗狗，積極搖尾巴等拍拍。

膨風底裡是空的。裡頭沒有底氣，外頭才招招搖搖擺擺地膨風。而且越是需要底氣的事情，越是容易招來愛膨風的歐吉桑。去年看郭台銘宣布選總統，就很像是一個臺灣歐吉桑膨風——選總統這種事，自己決定就可以了，不用問媽祖——難道是小朋友選班長還要回家問媽媽？不過諸事回家問媽媽的行為模式，在政界也不少見，確實是臺派作風。君不見前有淡水阿嬤，後有板橋媽祖，為眾多政壇歐吉桑提供政治庇護；或者更精確地說，母性的力量總在關鍵時刻扮演角色，出來做那一陣東風助人乘勢飛行。

平心而論，我雖認為臺灣歐吉桑有可厭之處，但其可厭多與權力有關。與權力相近的人事物，難不生厭，並不是臺灣歐吉桑特有，頂多能說臺灣歐吉桑科中的權力特有種呈現了這些不可喜的性質。若專論臺灣歐吉桑——大體上來說，還是一種可愛的生物。

比方說，坐公車的時候被白頭髮的歐吉桑讓了位，慎重地從博愛座上起身，堅持要我坐。當下又是錯愕又是感心，「你是覺得我懷孕嗎」、「但是手上拿這麼多東西確實很想坐下」。半推半就地還是坐下來。歐吉桑一邊晃悠悠地從前門下車，還一邊僵硬害羞地舉手向我致意。

歐吉桑是自然生成，有一半的人口年歲到了就長成了歐吉桑，於是生活裡隨手拈來都是活生生的例子。我教會的牧師，將近六十歲的歐吉桑，偶爾會做出令眾人困惑甚至有點為他緊張的舉動——其中居冠者應該是牧師為我施洗時，連續把我的名字講錯好幾次。受洗是重大聖禮（Sacrament），在基督信仰裡，其意義是歸入主的名下，成為新造的人，也可以說是一種公開宣示，將自己的名字列入名冊。於是受洗時把名字講錯就相當令人緊張了。牧師一邊念著不是我的名字的名字，一邊莊嚴肅穆地把水淋在我的頭上，臺下會眾一片焦躁不安，「啊啊牧師你把人家名字念錯了啊啊」。結束後幾個小時，牧師終於意識到方才發生了什麼事，靦腆地來跟我說：「沒關係，牧師講錯了，但上帝不會錯。」此語誠然。

其實這麼多年，見過的歐吉桑這麼多，最讓我印象深刻的是個偶然的新聞畫面。二〇一六年，蔡英文當選總統，在國際記者會上，正要發表當選感言。那還是個料峭一月天，狂跑行程的政治人物都戴了薄薄的圍巾，穿著深綠色「點亮臺灣」的選舉外套。大約是幕僚準備了保護喉嚨的熱飲，蔡大統領手上拿了一個小小的不鏽鋼保溫杯，臨上臺前，她隨手將保溫杯交給站在身邊的蘇嘉全。蘇嘉全也隨手把保溫杯往後塞到自己的西裝褲口袋裡。

一群歐吉桑嚴肅地背手站著。但有一個歐吉桑的臀部突出了一只保溫杯。

以為媒體不會拍到，但不合時宜昭昭然。西裝褲口袋很小，保溫杯尷尬地待在不屬於他的地方——保溫杯不屬於這個屁股，不屬於這個舞臺，根本就不該出現在鏡頭裡吧——全世界眾目睽睽下，臺灣的女總統新亮相，以及跑錯棚的保溫杯。

那個順手往後面口袋插東西的動作讓我想到我爸。歐吉桑總想百分百地發揮身體中段的乘載功能，各種可以塞進口袋裡的、綁在腰上的行徑；往後插報紙的有之，塞鴨舌帽的有之，綁霹靂腰包的有之，手機戴在皮帶上的有之。手機套扣在皮帶上是中年男子的霸氣，以及時尚的悲劇。我觀察歐吉桑講電話，「好，另天再講！」結語後將手機喀嗟一聲扣回腰上，總帶著一抹自認瀟灑的神情。對歐吉桑而言，還手機入腰如還劍入鞘，應該是一件很帥氣的事情。

（四年後又一次大選，小英順利連任。陪她舉行國際記者會的依舊是一群歐吉桑，但幸好這次沒有保溫杯了。倒是兩位前後任副總統稱職地表現了另外兩種歐吉桑的典型——滿臉歡喜等著下班的歐吉桑，以及滿臉肅穆準備上班的歐吉桑。）

關於歐吉桑的打扮，除了喜愛使用腰間配件——或者穿高腰褲加上腰間配件——之外，尚有一項特點是穿著各類型不恰當的襪子。其一是白色長襪加上皮涼鞋，可說是臺灣歐吉桑的經典款。其二是西裝褲下短襪子，坐下時露出一截慘白兮兮的小腿。

臺灣著名的本土襪業，三花棉業，在捷運站裡放了很大的廣告，一個中年男子的西裝褲底下露出兩隻腳掌，各穿著不同顏色的襪子：「董事長這樣試穿襪子已經五十年」。我雖喜愛那敬業的職人精神，但每每看見還是噗哧一笑，哎，這樣不合時宜至理直氣壯，真是臺灣歐吉桑。

是的，若要對歐吉桑提出一種分析性定義，應是理直氣壯。理直氣壯地索取他人的肯定與注意力，理直氣壯地要你接受他的安排；即使那樣的安排未必是別人同意或心儀的，即使他的安排可能帶著屈尊俯就的翼蔽姿態。理直氣壯無分好壞，僅僅是在他自己的世界裡，他是這樣真實地活著。而我想學習的理直氣壯是一種天真爛漫：對自己的想望誠實、往自己的目標勇往直前，也坦白覺察自己的限制。

那些令人欣賞的歐吉桑有一種可愛可敬的理直氣壯。

身邊有許多朋友也逐漸跨過青年、中年，堂堂邁入歐吉桑之殿堂，除了祝福之外別無他想。返老還童原是人生最大的幸福——願你走出半生，歸來仍是少年。

讀一些老派的書

週末回老家整理房間，一堆古老的書籍文物出土，轉手賣了三箱，留了幾本帶回臺北看。

所謂老派的書，也就是老，各種意義下的老。出版的時日早，買它也在很久以前，是很年輕甚至年幼的時候讀的書。

書架後方挖出一本席慕蓉的詩集，《無怨的青春》，初版於一九八三年。我很喜歡的三首詩，〈山月之一〉，〈之二〉，〈之三〉，寫於一九六四年以及一九六七年。詩本人都比我大二十幾歲。我手上這本交由圓神再版的詩集，也是二〇〇〇年出版的了，我當時才國中，那時候都還沒有開始讀詩。一直到我大三，胡亂跟著中文系修課，讀閨秀文學讀詩，才終於認識了這些詩人，出手買了這本詩集。那是二〇〇七年，我買到的版本已是二十刷。雖是寫著青春，但詩已是中年的詩集。

在在都是老派作風啊。老派的詩集，老派的出版社，連刷數都是老派的——現在要能夠賣到二十刷的書，不容易了吧，遑論詩集。

不過感動也是老派的。席慕蓉在八〇年代寫分隔南北的情侶，〈融雪的時刻〉，一方冬天一方春天的畫面：

當她沉睡時
他正走在融雪的小鎮上
渴念著舊日的星群　並且在
冰塊互相撞擊的河流前
輕聲地
呼喚著她的名字

而在南國的夜裡

一切是如常的沉寂
除了幾瓣疲倦的花瓣
因風
落在她的窗前

一南一北對比著冬天與春天，現在讀來，不正是中國歌手馬頔三年前那首一炮而紅的〈南山南〉：

你在南方的豔陽裡，大雪紛飛
我在北方的寒夜裡，四季如春
如果天黑之前來得及，我要忘了你的眼睛
窮極一生，做不完一場夢

他說你任何為人稱道的美麗
不及他第一次遇見你

時光苟延殘喘無可奈何
如果所有土地連在一起
走上一生只為擁抱你
喝醉了他的夢，晚安

愛無所謂空間或時間。在北方的人愛著南方的人，心在哪裡，季節就在那裡。愛穿越時間與空間，意念到哪裡，情感就抵達哪裡。詩是散落在時空當中的任意門，記錄人們普世共通的感情，讓閱讀的人一碰觸到詩，就穿越重重障礙回到那些古老的感受裡。我們都記得愛與被愛的質感，失落與惆悵，以及相對應的誠摯與喜悅。讀這樣似曾相識的詩，來自不同的文化、迥異的作者，有所差距的藝術形式，卻飽含著如是相似的真心誠意，讓人相信靈魂存在——感情存放在靈魂裡，無論過幾世，旅行到哪裡，有心的人還是能一眼就認出來。

老派的靈魂啊，存放在老派的詩裡，恰適其所。

還有一種老派叫做國文課本的老。書架上翻出兩本余秋雨的《文化苦旅》以及《山居筆記》。文字很流暢，思想也有深度。不過這種老派是大國道統，讀來洋洋灑灑又是泱泱正氣，雖是好看，但從現在的讀書品味看來，必須重新安放這種權威的老派。

比方說《山居筆記》頭篇文章，〈一個王朝的背影〉，開篇就說：

……好像漢族理所當然是中國的主宰，你滿族為什麼要來搶奪呢？……在閃閃淚光中，我們懂得了什麼是漢奸，什麼是賣國賊，什麼是民族大義，什麼是氣節。……而辛亥革命的啟蒙者們重新點燃漢人對滿清的仇恨，提出「驅除韃虜，恢復中華」的口號，又是多麼必要，多麼讓人解氣。

短短幾字有諸多假設，骨子裡是漢族本位的敘事。這篇文章說的是承德避暑山莊。談清朝幾個皇帝，其文化武功，以及一些硬頸文人怎麼打死不屈地抗拒滿清統治。很好讀的雜文，旁徵博引，從小故事裡說大道理，但總之抱持著漢文化兼容並蓄的立場：表面上看起來是滿清統一了儒漢中國，但其實本質上卻是儒漢思想收服了滿清。

讀著我想到九〇年代在美國漢學界著名的新清史論爭。本來研究清代的歷史學家，書寫視角都是漢族中心，傳統上討論滿族的漢化、研究朝貢體系。相對於此的「新清史」學派，換了一個角度，從滿人的自己眼光來理解清代。使用滿文資料的新清史學家，不再將漢人當成主體，而強調各個族群之間的對等互動，包括蒙古人、圖博人、新疆穆斯林；也從滿人統治者的角度出發，重新思考為什麼身為少數的滿洲人能夠建立廣大而複雜的帝國。除去民族大義，離開氣節的綑綁，歷史研究給予世界一個新的角度理解過去。

同樣地，〈一個王朝的背影〉具體而微地展現一種霸道的老派。這種老派不自覺且理所當然地採用一種權威的角度，堂而皇之，絮絮叨叨。其實這也無妨。文學從來都不是文字的客觀存在，從來都不是中性的媒介幫助讀者了解世界。文字的安排是一種主觀的視角，寫作者的位置決定了我們看到什麼、看不到什麼，以及怎麼看到世界。而意識到寫作者的獨特視角是讀者自己的責任——小時候讀余秋雨，不多加思考也就全然接受，誤以為我大中華山川如何壯麗。現在讀余秋雨，理解那是他的大江大海，他的故事他的詮釋。

他的是他的。我仍然欣賞他。他的山水不是我的山水，仍然可以欣賞他。

於此，有些老派是草根的老。說到寫山寫水寫讀書，我還有一本陳冠學的《田園之秋》，也很好看。大約是國中時候初得知臺灣文學有一系列經典，自己去買的。很喜歡文中被大自然浸潤的生活感。有些經驗是可以共感的——比方說，雷霆萬鈞的午後雷陣雨，是生活在臺灣南部平原的共同經驗。西北雨落得爽快淋漓，雨後清爽潔淨。那是後來在臺北城裡細雨霏霏無法比擬的一種趣味。有些經驗則是距離遙遠——比方說，在木麻黃樹下舂米，鄉間孩童在番薯田裡翻找採收餘下的小個頭地瓜，還有雲雀、鶺鴒、陶使、白眉鶇、藍磯鶇。

這種老派老得雋永。二十年後的我已經旅行過很多地方，體會過北美大陸繽紛多彩的秋季，也見識過大片大片不見邊際的玉米田；但是，再翻開《田園之秋》，還是深深被鄉間耕讀療癒。

一早，日未出，我已經在溪邊採草耳了。草耳樣子跟木耳相似，但綠色透明，貼地而生，稍一失手就化開。日頭剛出山頭之時，一隻雲雀也冉冉升起，歡快地唱著早晨之歌。光的世界曉了，聲的世界也同時曉了。J Renard 寫雲雀寫得很妙：「雲雀是棲止在天上的，而天上的鳥，也只有牠纔以遠居人間的歌聲歌唱。」

……提著小竹籃走回家。斑鳩筆直地從近身飛掠而過，草鶺鴒就在近身脊令脊令地鳴囀著。村裡傳來母牛喚犢聲，大約是牧童們正趕起牛群出了庭。回來在屋後挖了一塊仔薑，一竹籃吃掉了半竹籃。早頓罕有這麼大的胃口。

老是扎實的，穩健扎在土地裡。人跟土地有關係就不會徬徨，知道自己從何而來（被土地餵養出來），也知道自己從何而去（歸落安息在土裡）。也因此我把《田園之秋》放到吳明益的《睡眠的航線》以及《單車失竊記》旁邊。我是從臺灣土地裡生長出來的少年，這一派的老是好，我願延續它的生長，繼續在心靈地圖上發展關於這座島嶼的路線。

回頭讀老派的書，感覺到老派的價值。老派的價值並不在於老，而在於歷久彌新，經過時間的考驗，還能施施然存在，在層出不窮的新典範裡，挪一挪，還能找到屬於自己的位置。新人的挑戰永遠都會來，但老派的書可以一遍遍從對話裡翻新。新的一波浪潮上來了，老派書就也順勢再攀一層樓。不怕別人嫌它老，因為知道自己有老派的底蘊，還可以再繼續老派下去。

身為讀者，也就在這一次次的老派閱讀裡重新磨練自己的眼光。書讀得多，有所受益，不是喜新厭舊，砍掉重練——是越加理解古早的書可以被放置在哪裡。過去可能好的，現在未必適合了；但現在的觀點不同了，又讀出意外的興味來。

還是要讀點老派的書。掂掂它的斤兩，也掂掂自己的斤兩。

秋天的食衣住行

食

秋天，秋天要吃白色的食物。

中秋節後，天氣立刻就轉涼了。中醫師說，秋日養生，白色的食物潤肺。

彷彿益智問答般，白色的食物有什麼？捉起筆來寫了一串。山藥，蓮子，薏仁，杏仁，蓮藕，茭白筍，白木耳，白蘿蔔。列一個長長的單子，再把這些白色的食物找來吃。山藥跟蓮藕都很適合燉排骨湯，所以一進市場，在肉攤首先買了小排。在市場時總是一路開花，三心二意，心想著山藥與蓮藕，沿路菜攤卻帶了茭白筍和白蘿蔔。於是晚餐過於澎湃了——炒了茭白筍，燉蓮藕排骨湯，山藥涼拌，白蘿蔔跟牛肉一起燒了帶便當。白木耳跟蓮子還是得吃甜的，特別前往傳統小店，在綠豆湯與蓮藕茶的誘惑之間堅持吃了一碗白木耳蓮子湯。最後在隔壁店裡買一大罐杏仁牛奶。

白色的食物還有優格。我最近的新歡是希臘優格。不是那種充滿人工調味的草莓藍莓優格，而是口感Q彈，質感綿密的希臘優格。稍微酸酸的，但是有豐富的牛奶香氣。說來奇怪，蛋白質含量極高的希臘優格是減肥聖品，但是在超市不容易找到。我因此常常在各種小店或福利社裡尋覓獨立品牌的希臘優格，從各種我從未聽過的牧場生產出來，裝在素樸的方形膠盒裡。進貨的數量都很少，本來都只有散客購買，我往往是唯一一個每週光顧的客人。

白色的優格，加上切塊的紅色火龍果，鮮豔的紫紅色暈染開來。水果碗裡一場迷人的謀殺血案。這是進入秋天的早餐。

秋天當然還得吃柚子。中秋節的家族聚會，我閒來無事，拿刀殺了一顆柚子。淡黃色的果肉一瓣瓣剝出來給姪子姪女，沒想到銷路意外地好，兩個小孩吃掉一整顆柚子。還把我跟柚子當成同義詞了，早餐指定，「要吃姑姑的水果」。

自此剝上癮了。其後好幾個禮拜，我每天剝柚子像玩玩具一樣。下班回到家，從廚房中島上選一顆柚子，掂掂斤兩。柚子買回來要放幾天，讓表皮的水分稍微蒸發，名為「辭水」。辭去水分，甜度密集。水果刀去頭，垂直劃開柚身，剝去厚厚的柚子皮，雙手用力掰開分半。細工剝開一瓣瓣的半透明表皮，除去筋絡，讓一整條完整的柚子果肉好好地躺在保鮮盒裡。半個小時過去，一顆柚子變成一盒果肉，是一種食物療癒。

人還說秋天要吃蟹。螃蟹火鍋、清蒸燒酒，熱炒沙嗲。因為剝殼苦手，我倒是從來沒有對螃蟹著迷過。不過趁著一股蟹潮吃海鮮很不錯。

住在山上的朋友趁著秋高氣爽，邀請一群人到有溫泉水的家裡吃飯。大家拿出從各地收集來的海味，基隆帶回來的小捲，東港快遞上來的生魚片。新鮮的海產只要用一點點心思就會有驚人的美味。烤秋刀魚還是鹽味的最好，奢侈地大量使用來自洲南鹽場的鹽花，舌頭上一場嘉南平原的水土風光。再用大量的橄欖油、蒜頭與紅椒粉煎甜蝦。搭配臺啤剛出的石虎啤酒。一邊哀哀說著要痛風了啊，一邊放肆地吃喝。最後以雲林水林的烤栗子地瓜作結，也是秋味，熱呼呼鬆軟軟。

一餐吃下來，諸事皆美。這個時節可以坐在戶外了——鼓著飽飽的肚子，秋風吹拂開來。

住

秋天是踩著小碎步抵達的，清晨與夜晚特別能夠感覺到她的存在。

延續著夏天培養起來的好習慣，我將一週一次的特早瑜伽增加到兩次。一大早六點多出門去上課，睡眼惺忪走在晨光裡，風拂過裸露的肩膀，感覺到一種溫和的提醒。陽光與風都是秋天的樣貌了。風有不同於夏天的質地。夏天的風很舒爽，秋天的風有隱隱的涼意。而秋天的陽光有一種向內收斂的性質，斜斜的，優雅的，明亮但是溫和。

既然有秋天的風與陽光，瑜伽老師把窗戶打得很開。從清晨到早晨，樓下的車聲人聲慢慢漲起來。這是城市的聲音，是我們居住的城市，我們跟著城市慢慢醒來。首先用輔具按摩肌肉，然後進入拜月式，一輪再一輪，讓體內的力氣流轉打通關節。過不去的地方則以注意力關照，一層又深一層的凝視。深呼吸，把身體先擴張起來，在新的形狀裡充實，堅持支撐，然後再深呼吸，再擴張一點，再填補新的形狀一點，充實的密度更高一點。

瑜伽老師往往以金剛坐姿結束每次的練習。是一種可以清楚感覺到自己身體重量的坐姿。閉上眼睛，感覺到自己的身體已經擴充成不同的狀態。有些擴張起來的還沒有被填補實在，有些支撐起來的已經有扎根的力量。這些零落而不完美的成長是身體真實的樣貌。我原來是這樣安住在自己的身體裡。

安住在身體裡，安住在這座城市。

為了不浪費秋天的風，不浪費這座城市的山，不浪費這島的土壤，這個季節也應該去山裡喝茶。

上山喝茶，上路的過程也是喝茶的一部分。車行入隧道，攀上坡，臺北原來離山這麼近。但是城市與山還是需要一些距離，讓人的心準備好接受山的療癒。山路逐漸深入，蜿蜒長出許多茶館；跟著步道走，步道長出許多小小平臺。臺上長出燈火了，長出喝茶的人。喝茶的人形形色色，有些抽菸的、有些滑手機看劇的，講法文的情侶、全篇臺語的歐吉桑群。山間小路走到這裡，有茶館了、有茶客了，那就在這裡喝茶吧。

鐵水壺裝滿熱水，放在快煮臺上燒開。捲曲的茶葉放進陶壺裡，當水開始冒出魚泡泡後傾倒進壺裡。茶需要等待，等待的時候聊一兩句話，三十秒鐘大約是一圈對話的來回。念頭轉了一圈，茶也釋放出所有的心思。倒出淺黃色的茶湯。聞一聞，可以喝了。

秋天適合喝淡雅的茶。我最喜歡的是金萱，帶著淡淡奶香的最好。也喜歡某些烏龍，比方寧靜致遠的高山茶，或者有點甜蜜的鹿野紅烏龍，但不是重焙的鐵觀音。秋天的美好是很細緻的，需要靜下心來體會。喝茶是再好不過的練習。喝一口，閉上眼睛，聽山風穿過樹梢，樹葉的上下擺動承接了山林生命的重量。

秋天也是生命逐漸收攝的時刻。像是毛筆字拖曳長長，手腕一沉一提，秋天是那一抹圓潤的收尾。有些沉甸甸的收穫可以收成了，在風與陽光的照拂底下，秋天的顏色和重量成形。

衣

秋天的顏色成形，也是清理衣櫥的時候。

近來流行的斷捨離收納術，一再強調，想要收納得好，首先要丟東西。在臉書的收納社團裡，我見識過許多人的衣櫥層層疊疊，橫屍遍野，儲藏室好像越大越亂，反而是小坪數的家庭對於雜物累積相當頂真。

固定丟東西，倒是很符合我從幾年前就開始的換季練習。夏冬一過，秋春就丟衣服。一件衣服拿出來，過去一季如果穿不到三次代表我其實早已沒有愛了，應該離手。放手是需要練習的；一開始總是捨不得。某件穿了很久的短衫，某件穿了很久的風衣，以及很多件穿了很久的大學系服社服；短衫是第一次自己旅行買的，風衣帶著前年夏天湖邊與眾多臺派朋友相聚的回憶，而系服與社服更乘載著許多靈魂的碎片。有些衣服難捨難分是因為抱持著對於未來的期望。我有一件設計典雅的白色 Ann Taylor 洋裝，在舊金山買的，一直想等到有特殊宴席的時候穿。但始終沒有適合的場合，適合的心情，因此白色在衣櫃裡逐漸染上黃斑，變成了等待的顏色。

其實我想留下的不是衣服，而是我的人生。可是人生只有一次，人只能活在當下。衣服不是給過去的我，也不是給未來的我。衣櫥裡只留下我今天就能夠穿上的衣服，放手其他的衣服，祝福他們去到更好的地方，裝扮更適合的人。

而且，更務實的理由是，這些衣服不處理掉，搬家的時候還是要處理。我還年輕，還沒有遇到想要終老的房子；既然還沒有要永久地居住在某個地方，那也就還沒有機緣能夠永久地保留某些衣服。擇日不如撞日——現在不出發，一輩子都不會前進了——不如現在就放手吧。秋日的週末下午，適合將衣櫃打開，放滿整個房間的輕後搖，清涼的空氣捲進衣櫃裡，清理出不合時宜的身外物。像是減掉多餘的體重一樣，一身爽快。

斷捨離，秋天是合宜的季節。

行

每年此時都願意不厭其煩地說：秋天是臺北最好的季節。這最好的季節適合散步。

臺北各區質地不同，散步的街景也迥異。大安區的榮景有一種富裕的安適，松山區的活力是後起之秀。在信義區放眼望去，盡是認分的上班族，萬頭攢動，孜孜矻矻。秋天來臨之後，我喜歡早點離開辦公室，去不同的臺北城區體驗人生。散步是一種消化城市資訊的過程。走一走，遇見浪浪貓狗，拍拍黏黏翻肚肚，從牠們剪了的耳朵與親人的姿態中讀取到這社區善良的性格。再走一走，遇見小籠包店，店主一家兩代忙進忙出，只賣三味。吃一口湯汁飽滿的鮮肉湯包，從他們極簡的忙碌當中，讀取到此地踏實度日的平安。

當然，散步最令人快樂的副產品之一，是在家附近發現新的小館。最近新寵是家常菜館。真真是我家巷口最好吃——金沙豆腐，蔭豉蚵，清炒莧菜——什麼菜系都不重要，臺北的魅力就在於馭繁為家常。再怎麼顯赫的城市，輝煌的豪宅，進步的設計，也還是得讓人過成一種日常，否則其力量毫無顯化可能性。

另外有一種散步是格外踏實的。

選前某個季秋清晨，我在家附近的市場買早餐，從很遠的地方看見大學同學的拜票隊伍經過——早就知道她出選了，還被選舉看板嚇過一跳（深夜回家在巷口遇到好大一個認識的人的頭），一直在期待，什麼時候會在我短居的天龍區遇見她呢？遠遠看著她一攤一攤地走，一次又一次地鞠躬握手，還是一樣真誠開朗的臉孔啊。感覺到她的全心投入，容光煥發，我也感覺非常開心。

這個秋天，眼見著美少男少女戰士投入選舉，我感覺自己的國家充滿希望。秋天的風令人感覺自由，秋天的生活令人感覺平安富足。但願自由的靈魂永遠自由。此島瓜瓞綿綿，戶戶貓肥家潤。

冬

一季又一季，安住在自己的身體裡

七年級公民的民主日常

二〇二〇年，七年級最後一班堂堂步入三十大關。我們七年級生成為不折不扣的社會中堅份子——還是稍微在年輕的那一端，因前頭還有一群六年級生終於接受了自己是中年人——這是需要適應接受的身分。開始帶團隊，做小主管，該跳槽該辭職該有第二春的，想買房子趕快買，想生小孩快快生，回流的回流，扎根的扎根。

時至今日，我可以很驕傲地說，我很樂意做七年級生。我認為七年級生是一群可敬可愛的公民，我覺得自己生得真好，做臺灣人，做臺灣的七年級生。

◆

其實我這輩人很簡單，有貓貓狗狗就給讚，求輕易、甘於自己、凡事確幸；想做獨立的國家，做快樂的臺灣人。

我覺得我不是跟人拍桌硬幹的類型，大致上還是喜歡吃東西追劇、滑手機打電動。願意做一份穩定的工作，偶爾也嘗試新的東西。說是想賺錢的，不過對於生財投資不算很有頭緒，賺一點也就可以了，主要是買房子有點憂慮，有點吃力。對於強身建國沒有那麼決絕的熱情，不過罪惡感來的時候也會覺得不行不行、要去運動了；正義感也有，看見不合理的事情，包包背著上街遊行，早點訂車回家投票。

不算是很獨立，但也沒想依賴什麼人，到底是因為覺得現時日常滿好，大富大貴大權大勢聽起來有點累人。我這樣就好，謝謝。

說起來也是胸無大志，不過胸無大志在臺灣是淵源流長的美德。我有個好朋友是傳統產業第三代，家道殷實。白手起家的阿公不擴張，不打算往上游搶生意，也沒想併吞下游小盤商。念ＭＢＡ的孫子問他為什麼？阿公反問：「啊那人家要賺什麼?!」臺灣人的胸無大志是厚道的，我吃飽了謝謝，坐嘛菜夠啊你也吃一點。

多年前也曾有過這樣的批評，說七年級生是草莓族。現在看來是稱讚——我喜歡草莓象徵的童稚與歡樂。甚至，我以為七年級的天真無邪與自得其樂，必然是臺灣殺出重圍，在國際政局詭譎之間獨樹一幟的重要基礎。人若是天真無邪，即不以他人之限制為自己的限制；人若自得其樂，諸事不過求個開心，既是開心，凡事都甘願，不以他人眼中之苦為苦。

二〇二〇選舉，有個大學同學投入天龍國的立委選戰。打出口號說自己是哈佛女孩，因為她有兩個哈佛碩士。不過這句話沒把她說好，只說了一半，還是膚淺的那一半。她的好，是她的天真無邪，別人說某事不可以做不到，她說，噢是嗎，做做看嘛。然後她就做到了。

大家都說臺灣人要進哈佛甘迺迪政策學院很難，她說，試試看嘛，然後她就進去了。大家都說臺灣人不可能進到聯合國工作，她說，噢是嗎，然後她跟友邦Tuvalu 申請工作，也就進去了。堂堂正正拿著臺灣護照進去任職，開大門走大路。臺灣是小，臺灣人要做到這諸事是難；但任何奇蹟在發生之前都是不可能的，不試試看，怎麼知道呢？

天真的人，不把別人眼中的限制當真。這對臺灣而言，是至關緊要的優點。全世界都認為中國無可抵擋，臺灣小、臺灣弱，一種無意識的洗腦。但是，臺灣真的小、真的弱、真的做不了獨立民主的國家嗎？大小不過是相對的概念，概念永遠都等待被定義。臺灣如何做不了定義概念的實例，何必活成強國劇本中的配角呢？我願意窮極一島之力重寫、再寫屬於自己的典範，做獨一無二的臺灣，即是普世貢獻。限制都是別人口裡的，我選擇讓這些限制成為我發展的起始點，不是藉口。

我們這一輩臺灣人，知道世間有眾多限制，但我們也有一項天真的特質成型。天真不一定會成功克服困難。成功也不一定來得很快。但是天真讓人把所有力氣放在成事艱難之上，不浪費任何一絲力氣對抗別人口中的限制。現實世界自然是嚴峻非常的，想就怕了，不要想，只用天真的姿態，一步步踏過去。

◆

當然啦，七年級生面對挑戰的時候，也不總是這麼歡樂的。多數時候我們不過是左支右絀地過日子，眼睛睜開挑戰就來了，然後又來一個。輸了一次選舉抱頭痛哭一陣，然後眼淚擦擦又皺著眉頭回去面對人生。

幾年前的地方首長選舉，我的家鄉高雄選情大逆轉，選出個痞子市長。一場集體創傷：投那麼多張票卻整批卷子全錯，百萬票數投出來才知道自己多麼邊緣。我跟幾個童時友伴約在家巷口喝茶，一群人驚魂未定啞口無言。週末選舉一場如一場失戀，眼睜睜看著民意如流水，如棒球越過全壘打牆，如已變心的前男女友一去不回頭。

不過我很尊敬我輩人的一項優點，哭要哭的，討拍要討的，可是週一來了就都乖乖回去上班，收拾包袱收拾河山。

幾年後又選舉了，此時的痞子市長直挑總統大位。投票前一晚，我在臺北接待完幾個來觀選的香港朋友，飯沒吃完就趕車南返。車站裡都是年輕人——大小行李，還有背著貓咪返鄉的——高雄捷運上也都滿滿是人。車廂的氣氛有點緊張，有點無奈，也有低頭猛滑手機的，也有仰頭無語問蒼天的，臉上寫著，「爸、媽，你們別鬧了」。

其實選前民調，我方貓派候選人聲勢已經回穩，不過那是在二十到四十歲區間選民投好投滿的前提下。亡國感重不是壞事啊，車馬雜沓、托貓帶狗、東躲西藏也得回去投票，一票票投下去圓滿了上一代的業力因果。

總統大選結束的週一又是車馬雜沓，北返上班。車廂又是整車青年人，不過這次都睡翻了，一種操勞過度後的深層睡眠。高鐵一路高速向前，載著一群夢，一群盡忠職守的青年公民返回工作崗位。我也睡著了，深深沉入一座睡眠的共同體。在那裡，我們的意識彼此合一，心向島嶼，心嚮臺灣。

戰役已在後頭，戰役也還在前頭。

面對層出不窮的戰役，其實我們七年級生膽子不算特別大的，也有恐懼。隔海看香港這幾年被折磨得死去活來：中共圖窮匕現了，香港成為一隻浴火鳳凰。自以為唯利是圖的，原來都是肝膽相照的手足。看著也忍不住懷疑，若是我面對那種高壓，若是我要長期抗戰，若是我拿那一手爛牌要打幾無勝算的仗，我做得了嗎、我輩挺得住嗎？也因此在自己島上隱隱不安，忍不住用恐懼動員，沾染那深層的憤怒而分化我族，標籤敵人。

不過恐懼永遠都在，只是如何與其共生，承認它、釋放它、消化它。共同體的基礎若是憤怒，無法穩固，人們之間的連結若是指控，無法長久。我覺得我們在政治上很誠實了，一邊哇哇叫一邊深耕向下。負能量多時就吸貓摸狗，受不了政治如戲太荒謬，就用力翻個白眼。時至今日，我想我們已經逐漸接受——也必須接受——每場選舉都可能天崩地裂，每個人都可能有個韓粉長輩，再有個恐同朋友。但這就是我，這就是我們的臺灣，是我得學習一次又一次地認識與承諾：是啊，這就是我。

無論選舉結果如何，我願意謹守本分，好好工作，好好生活；無論家人朋友如何與我相異，我願意尊重傾聽，不異化其公民身分，也不貶低其意見的價值。因為我願意學習做臺灣人，從認識與我不同的臺灣人開始，每一個與我連結的他者都是多元社群的基礎，是我建國的根底。

不因為他是怎樣的人，而是因為我想做這樣的臺灣人，我想建立這樣的臺灣。

◆

話說回來，三十幾歲的集體人生其實滿好，慢慢篤定。

經歷了一場選舉又一場，走過遊行一次又一次。知道民主並不容易，但也不需要神經兮兮。青春期的大破大立完結了——如詩般，眼淚與憤怒都揮霍完了，如今的心情多是手機裡那個笑哭不分的表情符號——現在的重點是，怎麼把這篇臉書發了（觸及率提高），怎麼察言觀色哄好老闆，怎麼正念思考不要揍小孩，怎麼好好吃飯，家裡太亂了怎麼好好收納（首要是得丟東西）。

我感覺臺灣逐漸成為小巧扎實的國家。

以前以為臺灣人小家子氣，做事抓小不抓大；現在發現小才是好。靈活，有彈性，尤其是現在團結起來了，一座島的量體容易溝通也容易相互支持。如果說日本人做事可比擬為一群群策群力的工蟻——君不見一群螞蟻能快速分解搬走一大塊體積是數百倍的麵包，令人嘆為觀止——那臺灣人大約就是一群同樣群策群力，但七嘴八舌的工蟻。不是很有計畫，沒那麼愛ＳＯＰ，但也因而反應快速，伸張得宜得益處。

瘟疫來時臺灣人做口罩。月內，幾十條產線設置完成開工。政府快速拍板預算；各家工具機業者自動合體。如魔杖一舉，光芒自四方聚集，臺灣人說要有口罩，於是就有了口罩。而一般臺灣人也合作。一開始疫情不明朗，到處都買不到口罩；後來政策出來了，憑身分證限購，商家前頭開始大排長龍——不過，隊伍雖然很長，排就排了。人們是有點緊張過頭，在手機訊息裡碎碎念著，但也就接受了自己的神經質、接受政府商家的安排，甘心地排在長長的隊伍裡，甘願在人龍裡安置自己的不安。

那是一種信任，是一種走在國家與社會間相互拉扯卻相互支持的平衡裡。這邊要求國家怎麼動作不快點呢，可以做得更好吧；國家皮繃緊了，也得回頭討支援，引發社會動員，挹注非常態的資源。

國家權力擴張的態勢也仍然受輿論監督、制度制衡——比方說，想要高度動員醫護人員也得符合勞動法規，為確保醫療能量限制人員出國，仍有違憲之虞。諸多快速變化的防疫措施，反映了積極任事的政府，但也引發法治國論者的質疑與辯證。我說那個法源呢、你說那個立法密度呢，吱吱喳喳的。其實正是這樣相互推擠的關係，鼓勵政府提供有益的服務，也讓社會保持活潑的動力，將政治權力壓制在可控的軌道上。

用學術的語言說，臺灣那條等口罩的長長隊伍，其實正走在一條人類千年文明來極度不易的自由道路上——美國當代最傑出的兩位經濟學家，Acemoglu &

Robinson 最新論著所稱之《自由的窄廊》——一邊是抑制政治巨靈的社會力，另一邊，則是效能得彰顯的政治權力。兩者之間過猶不及，自由的廊道極為狹窄；臺灣卻在危機之中，穩穩地走著這條道路。

整個臺灣還是七嘴八舌的樣子。媒體還是報著疫情正在擴散啦、LINE 群組裡還是恐嚇著藥品泡麵衛生紙快囤貨。七年級生還是翻著白眼，一邊把小孩抓去洗手一邊大小聲幫長輩衛教。臺灣人就是這樣，一邊碎碎念著、拉扯著，一邊走向民主自由。這是我們自己的道路。

◆

瘟疫逐漸蔓延的時候，某晚我在東區小店吃飯。菜單上有一道大骨筍子湯。我本來以為是排骨湯之類的，點了，上來是一碗鹹香乳白如醃篤鮮般的熱湯。米黃色的幾塊竹筍，綠色的幾點蔥，載浮載沉，一只白瓷湯匙擱在方木盤上，光看都覺得美，捨不得吃。

臺灣有一種小工小民的底蘊，野心不很大，但願意把事情做好。一碗湯是如此。整個國家其實都是如此。

我看我自己培養出來的政治性格呢，就是好好吃點東西，好好做點事。比方說，週末有遊行，一早晏起，呼朋引伴，到凱達格蘭大道上坐一坐，歡呼一陣，然後去吃杭州小籠包。又比方說，趁著投票日一家團聚去吃港式點心——也聽說過瞞著家裡溜回去投票，開一場高中同學會，吃燒烤喝啤酒取暖，相互控訴父母有多難溝通。革命可能不是請客吃飯，不過臺灣的民主一定是好好吃飯。臺灣人的愛就是餵你吃東西；臺灣人只要好好吃東西就能很有愛。幸而，好好吃飯也沒那麼難，要好好相愛，想來也沒那麼難。

我對臺灣很有信心。我們是好國好民。好吃是日常，好自由也是日常。民主不過是日常，日常的民主，是最真實的民主——而真實的民主，必將流傳千世。

更好的
加油
GO
台灣
台灣公民・站出來
FIGHT FOR TAIWAN

助理

我想臺北城裡最多的職業，應是助理無誤。

或者說人基本上分成兩大群，一種是做事的，另一種是協助人做事的。這也是馬克思老爺爺的看法。人的歷史呢，主要是掌有生產工具的，以及沒有生產工具的兩個階級，相互鬥爭而演進。過去很難想像什麼是「無產階級」，什麼叫做「與自己的勞動異化」。入社會沒幾個月即有切膚之痛的體會——啊，就是為老闆忙進忙出的空虛感——人生沒有目的，人生的目的就是做別人的工具人。

無產階級真是為數眾多的一般人。所謂 proletariat 源於拉丁語 proletarius，即普羅大眾。在複雜的經濟體中，能靠自己吃飯的自雇主終究少見，需要很多條件配合。因此像是臺北這樣的城市，勞動者眾，說人人是助理，也不為過。我有個舊識，很年輕就出了頭，乘著前幾年的運動波瀾，不到三十歲就做了某中央政治部門的一級主管。問他工作如何？他說，沒什麼，就是打雜。然後轉念想想，再笑稱，他的師傅，另一個更大咖的一級主管，可說是一人之下萬人之上，也是打雜的，「整個政界都是打雜的」。

大助理小助理，誰不是助理。

助理最有意思的一點是，乍看之下是被人管的，但其實他是管人的。助理的最高境界是管理老闆。最初階的助理，總覺得自己很努力，老闆都看不見。老闆丟一個球，接不住，滿頭包，滿腹委屈。過了幾年，犯的錯誤多了、罵也挨了一些，困厄中有成長，此時跟老闆的關係好一點，愈來愈知道自己的位置是什麼，守備範圍接得住球，偶爾漏接了也知道手刀飛奔去撿球，或者不管青紅皂白先變一顆球出來。再過幾年，不是新鮮人了，也開始帶新鮮人了，才逐漸感覺到領導者的為難，自己能力強是一回事，怎麼帶出他人之強才是藝術。時間精力有限，沒辦法做到所有事情，但是看小朋友做得落漆，又抓狂。此時往上看可以理解老闆的難處，也可以偶爾搶在前頭幫老大清戰場、守在大後方讓老大無內務之憂。也是此時，真正的助理養成了，老闆之於助理是一種無為而治，助理之於老闆是如魚得水——老闆是魚，助理是水，水的重要性是重要到魚都不知道水的存在。

也因此，助理做到爐火純青的境界，老闆反而需要他比他需要老闆得多。我身邊諸多雇有助理的老闆們——學者、律師、政治人物——無不苦嘆助理難找。助理的專業技能說難也不是多難，但是要能夠湊滿恰到好處的技能組，養成電力十足的神奇寶貝，還真是三分靠老闆帶進門，七分靠個人修煉。所以，我看不少成功的大人物身邊，總有幾個不離不棄的助理，倒不是助理本人非這份工作不可，而是大人物一離開助理就威力大減。

助理的重要性可大可小，也見微知著。喝不到熟悉的咖啡，找不到慣用的軟硬體工具，都還算小事；長久相處的助理與工作上來往的人事物生成穩固的生態系，從資訊交換、溝通模式、決策執行，無一不是本於生態系的合作共生。厲害的助理就是有辦法打得通電話，拗得動客戶，時間急迫的時候不漏細節，給一個指令就使命必達。失去了得力的助理，其實是破壞工作的生態系，若本來的生態系統健康，失去哪一角都可以重生；但如果原來的生態系統本來就有隱性的缺憾，助理的離席就會造成極大的影響。

不過這並不是說助理可以取代老闆。事實上，助理之所以是助理，正是因為其可取代性。重要性雖然隨著年月累積，但是不可取代性是本質的有無，不是程度的多寡。換句話說，有真本事跟沒有真本事還是決定了誰做頭家、誰做夥計。在學術界，有博士學位與沒有博士學位，決定了誰是生產知識的主力、誰是輔助生產的助理；同受法律訓練，通過國家認證獲得律師或司法官資格，還是決定了誰有權威主導工作推進，而其他人在輔佐的位置上。

但有些工作，因為不可取代性並沒有被老闆們給關稅壁壘起來，也沒有被國家或者利益團體壟斷，所以助理做久了，一旦逆襲，還真有機會可以取代老闆。諸如地方政治人物的助理自己出來選啦，或者是飲食業第二代、第三代一時氣不爽另立門戶，都是臺北城裡常見的風景。對一般市井小民來說，助理的逆襲其實很有益處。同一種服務或產品，多了一個選擇。比方說夜市街市前後開了幾家芒果冰，老實說我吃不出差異，但多一間店，少排一些隊，總覺得不錯。又或者哪一個選區，師傅弟子鬩牆了，街坊鄰居指指點點，公共討論的風氣反而盛了，若趁勢而起，也不失為一個好時機把路線辯論清楚，沉痾已久的問題一併翻開清理。

其實不管是做助理，還是做老闆，都是非常令人尊敬的職業，一點也不空虛。助理要做得好，心態得要像老闆，站在老闆的角度思考自己的角色，扛起解決問題的責任；老闆要做得好，也得時時站在助理的鞋子裡，才能給予足夠的支援跟空間，讓整個團隊，或制度，生氣蓬勃地相互刺激前進。可以說做助理做得好的人，做老闆是合理的下一步挑戰；做老闆做得好，轉換位置做助理也仍有新的體會與進步。

有個關於工作的寓言是這麼說的。在路旁有三個砌磚的工人。路人問：「你們在做什麼？」第一個工人說：「我將磚疊在一起。」第二個工人說：「我在砌一座牆。」第三個工人說：「我在蓋一座大教堂，它將佇立千秋萬載。」

A+

人的心思意念賦予了行動意義。馬克思的唯物階級分析，最大的理論弱點就是人缺乏意識：人的所思所想，由結構決定。但是人的心靈有絕大的力量，能夠創造、改變自己與群體。

世界可以因助理而偉大。一群砌磚的助理，會砌出一堆磚來；一群蓋大教堂的助理，也就蓋出佇立千秋萬載的大教堂來。臺北城裡有多少個助理，就有多少座大教堂等待被建立。社稷之幸在此。

小店人家

在鬧區巷弄裡住了一段時日，有些事情不習慣，有些事情是好的，而有些事情，滿意外的。

不習慣的事情像是巷弄裡人車爭道。想事情出神，慢慢走在巷子裡卻有車在後步步近逼；「逼」是狀聲詞，車一邊近一邊逼逼逼逼。

住在鬧區巷弄裡的好事很多。吃喝容易方便。我是重度的手搖飲料上癮者，全盛時期可以按三餐喝三杯，現在一天只敢喝一杯，只喝無糖純茶。即便如此，選擇還是很多。紅茶可以喝紅玉，或帶著決明子味的本土紅茶。伯爵紅茶洋派，流行好一陣子反倒平凡，早失寵了臺。最近覺得很好的是日月潭阿薩姆紅茶，很適合做下午茶，有點醒腦，配點甜食，有點療癒。

另外喝很多烏龍茶。烏龍是臺灣國茶，自己的土地山林熨貼心腸，諸如蜜香、金萱，都好得不得了。這些茶清新淡雅，絕對不能加牛奶，頂多做淡薄仔甜，提味。店家大都很識大體，知道怎麼泡最好，有時候也聽見年紀很輕的店員老氣橫秋地指示客人，「想加牛奶的話，我是建議你喝鐵觀音，不要用四季春比較好。」

然而，鬧區巷弄裡也有些意外。比方說看她不施粉黛，卸盡鉛華。清晨時巷弄裡一副太平日子的樣子。餐廳還沒開，但廠商都送菜送貨了。我很喜歡看一大籃一大籃的菜隨意被丟在沒開門的店口，高麗菜、白蘿蔔，大剌剌坦蕩蕩地，好像也不怕人偷。這是臺北街頭的路不拾遺嗎？而且，市區竟然仍有零星的菜場魚販肉攤，就躲在辦公大樓的後面，一早買得到碗粿、豆腐、炸甜不辣，穿過一條街市後，另一頭冒出來依舊是辦公大樓，剛才的生鮮腥味如一場夢。簡直穿越時空。

巷弄也有其他的意思。雖是酒食喧肆，但其實那噗噗冒泡的人聲鼎沸底下，還是清清如水的小人家日子。我好奇看那些守著一攤小小店鋪的年輕女孩們，有些做指甲，有些接睫毛，有些賣戒指手環，也有打著「正韓貨」、「日流」經營自品牌的衣飾。她們的店面都不大，有的甚至只有一面櫥窗，女孩們就坐在玻璃的另一邊滑手機喝飲料，精緻的妝容柔柔反光，眼睛有點疲倦但都還很有神氣。看得出來心裡有期盼，無論那樣的期盼是什麼。

不過當然我也是偏心的，我最喜歡那些做甜點的小店人家。檸檬派，起司塔，布朗尼，草莓鮮奶油蛋糕，在透明的梯形冰櫃裡引人耳目。店裡都有一個（或幾個）乾淨專注的甜點師傅，一個（或也是幾個）笑臉迎人的少女少年掌櫃。這些年輕人都很可以做日本熱血漫畫的主角，積極上進，氣質端正。踏進去就被聖靈充滿了。每一口甜都是恩典。

小店人家既然小，當然不怎麼講究規矩，諸類出格的事也就經常發生了。比方說，遇過一間早餐店，名字很有深意，似乎是日文的俳句。某天我在那裡點了一份豬排蛋餅，蛋餅上來沉甸甸，跟印象中的重量與大小都不太一樣。吃起來好像也有點不對，但不對也對味，因此默默地吃。直到年輕廚師探出頭來說：「還可以嗎？剛才失手肉放太多了，啊哈哈。」頓時恍然大悟，原來是被加料了啊。把蛋餅的裙子掀起來，原來加了牛絞肉，難怪豬不豬牛不牛，一口咬下豬牛變色。

不講究規矩的另一種說法就是任性。雖是開店的人，但不想開店的時候也就不開。門上貼一張手寫的紙條，「今天休息」，或者下指令，「後天再來」。有時候會給你一個理由，「出國度假」，理直氣壯的。甚至還給你意見，「老闆去立法院靜坐了，今天不開門，你也應該去。」那是二〇一四年的臺北。

小店人家做生意，雖然精明但並不小氣。巷弄裡另外一家傳統豆漿店，是個阿姨站櫃檯收錢——就是你在臺灣任何十字路口等紅燈時往旁邊看，視線所及一大把一大把，那種戴著袖套口罩，機車前面掛著紅白塑膠袋的阿姨——她算零錢可精了，豆漿十二塊燒餅夾肉鬆不要蛋二十七塊，給一張五百塊，不眨眼就有心算結果，俐落數零錢，一塊都不少。但阿姨是精明不是小氣，也偶爾會發現奶茶被默默加大了。也看過她在收攤時帶著一袋不知道什麼給了在騎樓的街友。

巷弄裡的商家社群，就是推開一門一戶都有驚喜。像是大稻埕，天氣好的時候

布行

我喜歡去散步，看有介紹椰子油的，賣繡品的，賣香皂的，做精緻瓷器的，另有小小工作室還讓人自己捶打訂做金飾。其實這些東西好像都不是生活必需品，就是些過小日子的品項，小日子過得更舒適的品項。

我曾經入手了一只小小的木雕盒子，是一座手機臺，可以推開卡榫，讓手機站在上面。還買了兩包吸油面紙，一包有珍珠奶茶的香味，另一包有茉莉花的香味。其實不買也完全可以，但實在忍不住仰慕，怎麼有人會注意到生活裡這細瑣的需求呢，又怎麼設計出這些物件的呢？好厲害啊。因著那種對細小心思的傾心，想要花一點錢表達敬意。佩服這些誠懇踏實的小店人家。

不只是一門一戶內的欽佩，門戶外也有驚喜。例如在霞海城隍廟旁邊遇見一臺小販賣機名為「大盜陳」，賣月老奶茶，命名各有祝福，「爵得你不錯」是伯爵（Earl Grey）奶茶，「鐵了心都要愛」是鐵觀音奶茶，「普通朋友」是普洱奶茶——銷路應該很差吧。我忍不住投幣買一瓶奶茶。真是聰明而且溫柔的店主啊，很細膩地照顧信男信女的脆弱心靈，連喝飲料都延續祝福。

生意人的心思也是令人玩味再三。遇見一位大哥擺小攤子做手工蛋捲，方形的鐵板冒著煙，很香。有原味的，還有芝麻；兩種包裝，袋裝的比較少，圓筒盒裝的比較多。我指著說想要圓筒的，大哥很抱歉地搖頭笑，「不行，這邊都被客人訂走了。」那你再做一些不行嗎？「我做不過來了。」大哥只能賞我一包袋裝的原味蛋捲。量力而為，興盡而收，這是有些小店人家的心思。

大稻埕另外有老派酒吧。躲在長長的街屋裡，中庭有一棵樹，要爬石階，冰涼的暗紅色細紋磚製扶手，上二樓左轉，才見著吧檯的燈光透過木櫺而來。位子不多，酒單也很單純。不喝酒的話，也另外有地方可以喝茶。也在老洋房的二樓，樓梯在一樓角落，雖然放了張招牌，但也是要有好奇探索之心才膽敢穿越收銀臺爬上去呢。雖然這些店家都是刻意還原的老派，但凡是真心還原的都好。生活需要還原，人心需要返真，所有增添與進步不過是為了更接近生命本初的狀態。

想來人的日子也是尋求返璞歸真之路。見識過別人的大國大城，體會到再怎麼世界級的都會還是過日子的地方。原來自己真的是一座小國，臺北是一座小國首都。這裡的小店人家有個性，踏實過日子——而人總渴求一間小店，一點過日子的意思，過日子才有意思。小日子沒辦法跟大時代比，但大戶人家的小日子也終究是沒辦法跟臺北比。

那麼，要看臺北嗎？還是去巷子裡的小店人家看臺北吧。

有一些犯罪，讓整個社會都心碎

在村上春樹與川上未映子的一段對話當中，小說是這樣被理解的，以一棟房子為比喻：

一樓是闔家團圓的場所，充滿愉悅社交的氛圍，用共通的語言聊天。上了二樓有自己的書之類的，是比較私人的房間……然後，這棟房子的地下一樓，也有黑暗的房間，不過區區地下一樓誰都能走下來。所謂日本的私小說，大概是在地下一樓這個位置發生的。所謂近代化的自我，也是地下一樓的事。但是階梯繼續通往更下方，可能還有地下二樓。[2]

村上春樹的小說，「地下二樓大概就是每次試圖前往，想要前往的場所。」

2 《貓頭鷹在黃昏飛翔：川上未映子V.S村上春樹訪談集》，川上未映子、村上春樹著，頁九〇。

有一段時間我不太注意臺灣的影劇——因為，我沒有太多被感動的經驗。有些戲劇臺在描述一樓的愉悅氛圍，訴諸人們的共通表象。這像是空有熱量但沒有營養的食品，看完了但是沒有滋養。偶爾，也會遇到一些電視劇能夠往地下一樓去，撿拾一些關於整體社會經驗的創傷，或者個人深藏的渴望。不過，這一類戲劇的態度也不總是一致。有時候它們很快就立刻回到一樓來了，有時候，相當耽溺於在地下室迷路的氣氛，我會感覺自己被困在地下室。

所幸，這幾年我發現我受感動的經驗多了。有厲害的創作者出現，他們在一樓待得夠久，逐漸往地下室去了，也摸索出了一些地下二樓的入口。

《我們與惡的距離》就是一部來自地下室的戲劇，從一起隨機殺人案開始，說一個關於受害與傷害的故事。它的力量來自於重製臺灣社會自己的傷痛——這是臺灣自己的地下室——唯有藝術能夠捕捉的本土集體意識。意識不是論理，而是故事，故事被述說並不是為了爭辯對錯，而是讓那些真實存在的感受如實地出現，以其不漂亮、不正確的真實樣貌出現。因為它們不漂亮也不正確，所以不常被肯認。但那是被放在我們的地下室裡的共同感受：比如恐懼，比如自卑，比如心碎。

有一些犯罪，讓整個社會都心碎。重大矚目犯罪之所以能引起巨大的爭議，正是因為它坦白了一種真實的、普世性的醜陋——凡是真實的都有無比的力量——能映射出每個人自己的苦痛，與其產生關係。

每個人心裡都曾經有過想要傷害他人的黑暗慾望，或許因為沒有被好好對待而引發的報復之心，但或許因為自我節制，或者毫無能力，因而從未實踐。但重大矚目犯罪出現的時候，人人心中都會有同樣的驚愕，「他怎麼可以?!」

「他怎麼可以」的後半句連結個人心底不同的創傷。他怎麼可以傷害無辜的人？他怎麼可以用這種方式報復？他怎麼可以不被處罰？但每一句話其實都是自己的傷痛：他怎麼可以傷害無辜的人，如同我曾經是那無辜的人被傷害，或者如同我曾經也傷害我身邊無辜的人？他怎麼可以不被處罰，如同曾經傷害我的人不被處罰，或者如同我暗中的罪行不被問責？他怎麼可以用這種方式報復，而我怎麼從來都沒有機會申正我的冤屈，或者我傷害了的人如果有一天也這般報復我？

像是wifi瞬間打開，每個人內心深處的痛都立刻共鳴，訊息立刻送出，群組通知立刻逼逼狂叫。曾經被傷害的，放聲哀鳴，曾經傷害他人的，自我防衛；被忽視的，苦求關注，苦求關注不得，則轉憤怒，憤怒後為指責，指責他人，也指責自己。整個社會的心碎相互映照膨脹，像一顆氣球被不斷增生的空氣漲大。

心碎是非常真實而深刻的經驗，每個人都有，而不是每個人都有意願或能力面對。

藝術創作在此發揮了奇特且重大的功能——創作者並不分辨是非，藝術作品只是描述且同理。一個巨大的集體創傷是由複雜且相互連結的個人創傷組成。沒有任何一種方式能夠「解決」集體創傷。像是隨機殺人案這樣的重大犯罪，法律沒有辦法判定它有多錯，醫學沒有辦法治療它的傷害或預防它的出現，再嚴密的社會工作網絡也沒有辦法承接它的重量，或減緩整個社會下墜的趨勢。

BI

一部戲劇做不到任何其他系統也做不到的事。但一部戲劇可以誠實地記錄傷害如何深刻複雜，重新喚回每個觀眾心裡那塊凝結的痛苦。痛苦無法被解決，但痛苦可以被同理。肯認並且同理是唯一釋放痛苦的方式。

回到文初，創作者對於世界的理解，其實能轉換成相當銳利的政治觀察。村上春樹回應川上未映子時，是這樣說的：

「川普總統就是如此。到頭來，希拉蕊只訴諸房子一樓共用，所以她輸了，而川普只是到處宣揚訴說人們的地下室，所以他贏了。……在邏輯世界（若用房子來比喻就是一樓部分的世界）還能發揮作用時，地下部分好歹被壓抑著，但一旦一樓的邏輯失去力量，地下部分就會噴上地面。當然不能說那全是『惡的故事』，但比起『善的故事』『多層的故事』，『惡的故事』『單純的故事』顯然更能強烈訴諸於人們的真心話。」[3]

近年來臺灣所面臨的奇幻政局與社會現象，也能夠被這樣理解。當政治人物能夠簡單地說出真實的渴望——即使那樣的渴望非常原始——人們會自然地被吸引。例如，韓國瑜能說出高雄作為二線城市心底多年的不平衡，想要發大財的慾望是無法被邏輯世界的說理所限制的，即使再怎麼論理詳實的政策，也無法對抗這深層的慾望。反同公投能夠獲得六百萬票的支持也是如此，因為那是赤裸且匿名的恐懼，討厭與自己不同的人，異化性慾，是人們心裡想著但不敢說出口的真心話，透過不具名的選票表態。凡真實的情緒都有力量。黑暗的情緒也是真實的，我們壓抑著它，將它關在地下室，但它就在那裡。壓抑甚至餵養慾望，壓抑的力道愈強，愈能夠創造出更強的反作用力。

幸好，我們還有戲劇。藝術是神奇的介面，再製一種真實，肯認存在在我們每個人心裡的黑暗面。藝術作品是一種距離，讓我們壓抑的痛苦被真實地體驗，但安然地存在。

3 出處同前，頁九三。本段對話由張惠菁專欄〈地下二樓的世界〉引用，分析選舉結果。本文的戲劇評論亦由該分析啟發。

《我們與惡的距離》出現在一個恰到好處的時機。臺灣的考驗從來都是嚴峻的——因為我們不幸也有幸在另一個張牙舞爪的集體創傷旁成長——但真正的考驗永遠都在我們裡面，不在我們外面。我們能夠面對自己的地下室，也就能夠建構穩固的房屋，那麼再大的颱風也不怕，即使遇到強震而傾倒，我們也能重建出自己的城堡。臺灣竟然在這個時候開始有了誠懇面對自身軟弱不安的創作者，建立了通俗且順暢的軌道，邀請每個觀眾一起前往自己的地下室。

地下室將會釋放出什麼樣的能量呢？我感覺一場膽戰心驚的旅途要開始了。不過我也感覺得到，臺灣也準備好了，這是我們自己的故事，而現在正是時候經歷一場向內探索的集體成長。

冬天的食衣住行

食

冬天到了，就想吃熱的，炸的，很多澱粉塞飽飽的。

冬至那天，我的瑜伽老師說要延展身心，教我們做前彎，如放下自己一般將身體往前放下，在世界顛倒的視角裡靜心。但我滿心只想著冬至要吃湯圓。

湯圓當然要吃義美。現在湯圓口味花樣很多了，抹茶、紅豆還算普通，居然還有拿鐵、草莓煉乳、雞蛋布丁，簡直嚇壞湯圓界列祖列宗。吃湯圓我是很傳統的芝麻派，與花生湯圓楚河漢界勢不兩立，天氣冷的話就吃紅豆湯加芝麻湯圓，天氣不那麼冷的話吃花生湯，還是要加芝麻湯圓。通化夜市有燒冷冰，一大碗剉冰上放幾顆軟軟熱熱的湯圓，加上桂花釀糖水，非常好吃。

冬天沒有哪個節氣不適合吃熱甜點的。狀元糕，地瓜湯，芋頭湯，熱豆花，黑糖珍珠，小米粥——是的，小米粥在我心中是甜點——總之冬天就是要一團甜甜黏黏糊糊的，人也是懶懶軟軟的。

過年的時候要吃炸年糕。從供桌上拿下來一大塊黃澄澄的年糕，圓柱體狀，像是蛋糕一樣。用銳利的刀子切開，調麵糊，用筷子輕巧地裹一圈，然後滑進油鍋裡。年糕下鍋時那種細瑣的油炸聲響有節慶的氣氛，家裡的小孩會從四面八方鑽出來跑進廚房，七嘴八舌地說那是什麼我要吃！不過家裡的炸年糕沒辦法炸得很快、很多，常常是第一批炸出來被飛快吃掉，以燙破嘴皮的速度，第二批、第三批還很受歡迎，最後幾批就被忘在餐桌上了，後來變成午後的點心。吃了血糖驟升，人變得迷迷糊糊，躺在沙發上睡一個冬眠的午覺。

冬天也適合吃火鍋，合菜，喝一點溫暖的酒，熱呼呼的吵吵鬧鬧。

不過火鍋還是有偏好。眾人皆稱好的冬物，羊肉爐，我從來沒真心愛過。也還是吃，羊肉爐裡的茼蒿特別好吃。我的私房愛好是酸菜白肉鍋，連吃兩三天都沒問題。酸菜白肉鍋的重點很簡單，酸菜要酸得扎實，白肉要層次分明。我喜歡簡單乾淨的酸菜白肉鍋，其實不喜歡海鮮來攪和，甚至不喜歡牛肉片。不過豆製品是可以接受的，好吃的豆腐或豆皮煮軟了，吸飽湯頭，齜牙咧嘴地吃，非常適合臺北濕冷的冬天。

冬天當然也得要吃麻油雞。麻油雞要好吃，料絕對不能省，米酒作水豪邁地下，辛辣的老薑，新鮮的雞腿切塊。各種麻油料理其實都適合冬天吃。今年冬天喜歡吃麻油猴頭菇。一開始是網購試著買了，覺得不錯；後來在家附近的健康食品店裡買到純素的真空包裝，酒水味很足，猴頭菇嚼勁很夠，感覺是特別選物過的素食宴客菜。（於是家裡宴客招待過幾次吃素的朋友，都稱好。）另外學了一道麻油麵線蛋煎。加很多高麗菜，澎派又健康，同樣屬於澱粉與油的療癒組合。

其實天一下雨我就想做麻油料理了。高雄的女兒到臺北總是覺得很彆扭，巷子不是直的，路沒有順序，太陽跟雨都不乾脆，歪歪斜斜偷偷摸摸。於是臺北的冬天裡特別想吃一碗實在的麻油麵線。

每年冬天都這樣吃著麻油麵線。沒想到，一晃眼，在臺北也過了十年了。

衣

冬日穿衣，因地制宜。

以前曾經聽說，歐洲人來臺北過冬，覺得好冷。本來難以想像，但想及臺北住家幾乎都沒有暖氣，十幾度的冬天雖然冷不死人，但難捱是一定的了。

臺北的冬天不好穿衣。濕氣重會讓大衣沉甸甸的，進到室內若無除濕機，濕氣纏繞不去，幾無保暖功能，不如羽絨衣略有擋雨擋水的效果。但好看的羽絨衣實在不多。每到冬天，我從南港展覽館捷運站上車，總是嘆為觀止：這滿山遍野的工程師上班族，清一色黑色羽絨衣、黑色雙肩背包、黑框塑膠眼鏡，十萬青年十萬肝，分不清楚誰是誰。

在臺北我最困惑的是不知道怎麼穿鞋子。冬天老是下雨，不管是跟鞋、平底鞋或娃娃鞋，腳背都涼颼颼的。穿上正常的鞋子——休閒運動鞋很好走路——則是難搭配衣服，而且還是很容易一濕千里，整天冰臭腳丫。如果穿靴子，又分為真皮靴或者假皮靴，前者捨不得它踩水，後者踩了水一季就報銷，很不環保，變成捨不得北極熊。

一直有人推薦穿雨靴，我也看過美麗的女孩穿得體的黑色洋裝搭配紅色的雨靴，確實活潑又有氣質。我於是一直在物色合適的搭配，究竟，什麼樣材質的洋裝搭配塑膠感的雨靴才好呢，看起來才不會像失敗科幻片中的太空人呢？

說來奇怪，在北美幾個很冷的城市住過，倒是沒有為穿衣太過著惱。或許是因為我抱著謙卑的心態學習雪國人的穿衣哲學：貼身穿保暖的絲質或棉質內長衣，再穿毛衣，外面穿一件有品牌的大外衣。

在臺灣時氣溫終究不夠低，沒有極限測試過羊毛與人造纖維的差異，第一年冬天就付出多麼凍的領悟。後來也學會要投資克什米爾的毛衣，真金假不了，真羊冷不了，人在大自然面前始終必須仰賴其他生物的奉獻。

大衣也是，還是必須在極端地區購入。臺灣帶去的外套無論如何是不行的，在很多細節上都顯得過於天真——沒有內收貼近身體的下襬，帽子重量不足一吹就翻開，在在都是疏忽，讓冷空氣長驅直入。搬離多倫多的時候，我送出了一件大衣給剛到的同鄉小學妹。十二月的天候，她還穿著臺灣常見的棉質長版外套，像是剛從誠品走出來的文青少女。我把一件駝色格紋大衣送給了她，因為這粉嫩的顏色正適合二十歲的女孩，而且，我感覺她需要一件嚴肅厚實的大衣面對溫帶大雪寒冬。

在苦寒之地住了一陣子，我學到一些北方人的禦寒小技巧。例如一進入室內應該要立刻脫下大衣，讓暖空氣立刻進到貼膚那一層。出戶外之前，先在室內扎扎實實地把一層層外套、圍巾、手套裹住自己，在室外維持穩定但不要激烈的行動，保持體溫但不要在外套裡出汗。另外，我也學會耳朵跟鼻子是非常脆弱的。耳罩很必要。帽子也很必要。頭髮原來真的具有保暖的功能，尤其當冷風吹過沒有包覆的脖子後方，就會清楚感覺到我果然是短髮的人類。

博二那年冬天，我們學校的助教工會進行罷工，我在體感溫度零下三十的雪地裡站了四個多小時，完全蛻變為一個加拿大人。那天我得到重要的知識：襪子必須要是乾的才暖。在雪地裡行走，腳底還是會出汗，悶在不透水的靴子裡會讓腳更加冰冷。「所以要記得換乾襪子才行。」我的加拿大同學們溫和地對我說明。

如同夏天時，在包包裡隨時帶一條毛巾，這是熱帶的孩子從小就知道的事；雪國的孩子也知道，要在包包裡隨身帶一雙襪子，以度過嚴寒的冬天。

冬天穿衣教會我的事：我的冬天不是別人的冬天。因地制宜，入境隨俗，在冬天裡尤其需要放下過去一切的知識與成見，將自己倒空，才能扎實地保暖。

行

冬天正盛的時候我回多倫多一趟公差。本來說好要來機場接我的朋友，在我起飛前丟來一張哭臉，說是暴風雪，車子上不了路，不能來接我了。幸好風雪在我降落時已歇，白皚皚的沉靜雪景沒有脾氣地迎接我返家。

在雪地裡開車的確是有點危險，但是年末我最喜歡看的車景就是人人車上頂著一棵聖誕樹。綠色毛扎扎的常青樹好好地躺在車頂上，在眼前呼嘯而過，像是剛要去服役上班，還沒有裝備好的菜鳥軍人一樣。幾乎可以看見它亮起來，頭頂一顆星星，腳底踩滿禮物的樣子。想到這棵聖誕樹將要承載怎樣的家族記憶，就覺得相當尊敬。

冬天行路的美好似乎都與購物有關。或許因為冬天是收藏納糧的時候。

比方說，從家裡走去附近的咖啡店。買一杯信任的咖啡師手沖好咖啡，再一杯濃厚不加糖的熱可可，一個甜甜圈，然後歪歪扭扭地踏過雪地回家。嚓嚓嚓嚓，靴子與蓬鬆的雪摩擦發出小小的聲響。寂靜白色大地一片不見盡頭，只有自己呼吸的白霧以及細微的腳步聲，非常孤獨美好。

不過，冬天裡鮮明的行路記憶似乎有點極端，一邊是單人獨行，一邊就是眾人喧鬧的過年踩街。

難得可以放開肚子胡亂吃零食的時候，當然要去買點心吃。小時候去三鳳中街，傳統的年貨大街，過年前人馬雜沓，水洩不通。童年時期我很喜歡吃金元寶、金幣巧克力，後來才知道那幾乎算不得巧克力，只是糖；至於糖當然是要吃的，一整塊的黃金糖，中間夾了梅子的麥芽糖，現在都不太敢吃了，吃一個，其他塞給家裡的小孩吃。比較老派的零食我還會吃海苔，菜脯餅，騾子餅，開心果，洋芋球，荔枝果凍，糖漬大紅豆；總之這裡買一點，那裡買一點，每次回家時才發現，怎麼不知不覺買了這麼多？全部塞進後車廂，一邊開車一邊想，零食亂買了這麼多，吃得完嗎？但是每年也都默默吃完了，真可怕。

時刻。

接納也是冬天的關鍵字：接納天地四季有休憩的時刻，接納身體有懶惰安逸的時刻。

冬天其實不宜行路，冬天適合蟄伏當一隻宅宅。行路往往是為了更豐厚的家藏，是冬天的本質。

住

是的，冬天有一種屬於家的質地。冬天了就想回家窩好，不喜歡離家太遠。冬天我去家附近的河堤散步，提醒自己住在一個有河的城市裡。

臺北經常忘記自己有河。現在的河都被高高的河堤圍起來了，從高高的橋往下看，河很遙遠。人在車裡，車在路上，路跟河的關係有所扞格，路總是得跨越、圍堵、隔絕河。是都市發展的必然——臺灣的河有猛烈的爆發力，人們要生活在河水的情緒邊，長出這些框框條條也可以理解。

冬天的時候我也依然保持著透早瑜伽。六點鐘起床，在還沒有天亮的黑暗裡做瑜伽。

瑜珈能帶來從內而外的平靜與溫暖。我也是長期手腳冰冷的女生，嘗試過各種毛襪毯子。其實毫無他法，溫度是從自己而來的安慰。只有讓身體動起來——雙手支撐起自己的身體，身體自行向上提升，雙腳深深扎入地面，一寸寸一層層地把呼吸帶進血肉裡——才能獲得源源不絕的熱能與溫度。那樣的溫度也才能被維持住。

雖然是冬天，起床難了一點；但是我喜歡。從被窩裡鑽出來，泡熱咖啡，摘掉眼鏡，在攤開的瑜伽墊上以四足跪姿開啟今天的練習。深吸一口氣，腰背拉升，進入早晨的第一個下犬式。臀部持續提高，背部維持拉長，肩胛手臂有力地支持自己，頸後放鬆。逐漸習慣自己的形狀之後，雙腳輪流踩踏，讓身體形成的三角形更有張力。

我的房間外面有個陽臺，外頭就是小巷，一邊練習會聽見摩托車的噗噗聲經過。做到英雄一式的時候，抬頭看著天花板，感覺濛濛的天色逐漸泛白，是臺北冬天真實的樣貌。做到英雄二式的時候，感覺肩背擴充開來，我是一條很直的線，冷空氣沿著手臂的線條在房間裡延伸。

季節真實存在——以空間、聲音、顏色的樣態存在——而我的身體是載體，與冬天並肩同行。

一次又一次，一季又一季，我安住在自己的身體裡，安住在這座城市裡，這個季節裡。

春

花開有時，有時花開

有一種禮物叫閨蜜

雖然我身為女性也有三十幾年的經驗了，但是性別認同實在是一種複雜的社會建構。每個階段都有不同的體會。像是閨蜜這樣的好，我居然到了這兩年才恍然驚覺，擁有閨蜜、做她人的閨蜜，是女人存在世上最好的禮物之一。

青少女時期我一直有點怕女生，尤其國中女生去哪裡都結黨成隊，我常常卡在落單（看起來很可憐）或者盲從（但我有時無話可說）之間不知所措。逐漸成年後才明白，人對於自己匱乏的東西特別沒有安全感，越是缺乏、尤其張揚。君不見名人從不帶名片，真富豪不愛穿金戴銀；少女大多怕孤單，才總要拉著三五人成群。

隨著年歲漸長，我有所學習了，慢慢學會與自己的寂寞不安共處，相交相伴不再是因著逃離恐懼，而是為了分享親密。著名神學家／小說家 C.S. 路易斯曾說，友情是會因為分享而豐盛的人類之愛。真正的友誼從來不是排他的，友誼之愛在相互映照下越是膨脹成長，永遠都歡迎具共同特質的新成員加入——「啊，看這新人來增長我們的愛！」雖然新成員的加入也是互相選擇的過程與結果，且友誼的群體仍有邊界。交朋友，確實是畫小圈圈，但是那圈圈是個橡皮圈，很有彈性，很能成長，圈住的人們可能一點也不少。

我有個閨蜜群組是彩虹圈圈，像是小時候拿著橡皮筋一圈一圈地結成長長的跳繩，紅色綠色黃色，圈住各路人馬。閨蜜很好的一件事情是呼朋引伴一起吃飯，我與我的女友同志們都有很挑的舌頭，而且也都覺得跟舌頭不好的人沒辦法做朋友（其實舌頭不好的人更沒辦法做男朋友）。閨蜜群組裡我們不是在約吃飯，就是在往吃飯的路上。經常是誰路過了什麼餐廳，或者誰起心動念，招呼揪團，然後引發一波意見交換。光是決定吃什麼就是一輪嚴格意見審查。比方說，本來想去永和吃馮記上海小館的，說是腐乳肉穠纖合度。某閨蜜發部分不同意見書，不如去吃仁愛路的老上海呢，香糟肉好、獅子頭也好，真是肥瘦恰好。再有某閨蜜又說，要吃獅子頭不如招大伙來我家吃，我可是真．外省三代千金，外面哪家比得上我家傳獅子頭。省籍情結一起，群組對話立刻急轉彎，皇民派懷舊之情亦起，另主張吃日本料理。天雨不停，說要吃火鍋，又再起一段爭執論壽喜燒是否為火鍋。來回幾波交鋒，終於拍板定案下判吃北科大附近的華味鳥，頂級雞肉火鍋，膠原蛋白濃稠不已，正適合逐漸上年紀的我們。

真到吃飯那天，閨蜜群組內又是一陣車馬雜沓，大包小包回娘家。這個說「欸那家法式甜點開在同一條巷子裡我買幾條閃電泡芙去喔」，那個說，「什麼你買了閃電泡芙我從古亭這裡買了兩條巧克力」。因為巧克力專賣店的店主是我們都很喜歡的青年主廚，開店從烘豆開始一路做到最後巧克力磚（Bean to bar），我們不免又關心一下，「是新的越南豆子嗎」，感嘆一番，「哎呀上次那個我沒吃到啊」。

閨蜜吃東西，與妳分享的快樂真是勝過獨自擁有。

另一件閨蜜的可愛之處，是煽風點火買東西。某兩個月一個人獨自在香港訪學，閒來無事總滑閨蜜們的臉書ＩＧ。一開始只是一個女孩紙先在臉書上貼了某品牌的防水風衣，然後另一個女孩紙點讚稱是。因著這兩個女孩穿搭都是低調有品味的，我忍不住點進網站晃晃。哎呀，一進去就出不來了，女孩紙一推薦的風衣果然好看，女孩紙二特別點名的那個湖水綠也很特別。「不知道實際顏色怎麼樣呢，」心裡想著，「而且價格確實高。」手指在閨蜜群組裡提問——然後一發不可收拾——閨蜜們七嘴八舌，這個貼了雪地實穿的照片，那個查好了香港臺北價差。買買買，閨蜜們說，多花才會多賺，變個魔術吧，把錢變成自己喜歡的東西。

等我回過神來，發現自己已經走在尖沙嘴的大商場裡，看好了兩個型號準備去商家試穿了。而閨蜜總是送佛送上西天。在店裡試穿，版型是喜歡了，可是顏色拿不定主意，「米白色好呢還是海軍藍好？」轉頭問閨蜜。現場陪逛的閨蜜選米白色；群組裡的隔海閨蜜們也選米白色；連同志閨蜜都毫不遲疑地選了米白色。那當然是米白色了。興高采烈捧回家，第二天穿出門，果然又獲得滬籍港漂閨蜜的稱許一枚。閨蜜的眼光不會錯，閨蜜不分國籍種族性別。

閨蜜偶爾也仍有讓人苦惱的時候。不外乎兩件事，第一是比較，第二是爽約。閨蜜與閨蜜之間總有細微的較量——世俗的比較如誰比較會賺錢啦、誰比較瘦啦，或者性靈上的比較，如誰比較堅強、誰比較好命。細緻的彆扭難免，與其壓抑，不如接納；又有誰比閨蜜更能理解體諒妳的詰屈聱牙？接納是把鑽不過去的牛角尖點以多元的角度重新安放——是故，我們不只需要生理女性的閨蜜，也需要一些同志閨蜜，甚至是跨性別的閨蜜。多元性讓世界更開闊。當比較的基礎必須不斷根據不同的閨蜜調整，比較才更顯有意義——比方說，同志閨蜜帶妳去健身房，灌妳喝高蛋白。生長出強壯的肌肉，健美的大腿，才知道瘦弱的筷子腿不過是一種審美觀而已，而妳無須服從。

爽約也令人著惱。人人身邊都有這樣的女朋友，兩三週前約好了，臨時卻為跟男人約會而取消。雖然心裡嘀咕著，真是重色輕友；但心底也是明白的，我重視她的幸福如同她重視我的幸福。今天她的缺席只是暫時，緊急事件臨頭，真正能夠陪伴女人反覆拖磨情緒的，還是只有閨蜜。

是的，閨蜜最好最好的還是守護愛情，這是人世間另一項不證自明的真理。愛裡只有閨蜜好，有閨蜜的女孩像個寶。一群女人聚在一起，最經常的話題還是感情生活；只有閨蜜會真心把妳當女主角追劇，不忘細節，仔細翻讀妳與他（或她）的對話紀錄，不厭其煩地陪妳揣度對方的心思。我真喜歡跟一群閨蜜一起分析約會對象。分析不只是品頭論足，分析是兵棋推演：對方上次做了這件事情，然後又說了這句話。分析也是爾虞我詐：我約了他看電影，他請我吃了晚餐，這一次我該主動付酒錢嗎，還是留個藉口讓我下次回請他？愛情是修羅場，閨蜜們運籌帷幄之中，決戰千里之外。愛情是嚴肅的修行，行路難，道阻且長，閨蜜一路陪伴妳跋山涉水，過不去的山就幫妳愚公移山，過不去的水也為妳指點迷津。

其實，閨蜜的真愛不只是在這些小恩小惠。閨蜜為真愛的原因是，她們總對妳說實話。二〇一九年奧斯卡得獎片，《真寵》，十八世紀英國女王與兩位仕女又是親密又是爭權的故事。其中有一幕令人印象深刻：剛梳化完的女王正往接見外國使臣的路上去，仕女 Sarah Churchill 攔著她。

「妳的妝怎麼回事？」

「我想我今天可以誇張一點。」

「妳看起來像隻獾。」

「什麼？」

「我愛妳，所以我不會跟妳說謊。妳自己看鏡子。妳看起來像什麼？」

「……我看起來像隻獾。」

愛是一種明亮的光，妳不只看見光，也透過光看見真實。人擅長欺騙自己，愛情裡一切都舉輕若重，遇到問題，我們總是軟弱，別過頭去不敢看，假裝睡著就可以不必醒來。但閨蜜說實話——這是上天給的最好的禮物——我是說實話的閨蜜，我也是被閨蜜說實話的人。

「他配不上妳。」

「妳在折磨妳自己。」

閨蜜的實話不是嚴苛的鞭打，閨蜜的實話是為了要捉住妳的手讓妳不再鞭打自己，陪伴妳走出受俘虜的奴隸之地。我們都曾經因為害怕失去而留在一段讓人受傷害的關係裡，我們也都曾經因為缺乏信心而委屈，寂寞，陷溺於自憐自艾的黑洞之中。但閨蜜是溫柔的光，照見我們的真實——真實的心碎，真實的遺棄，真實的不安，真實的卑微。凡真實的皆是無可畏懼的，凡是無可畏懼的心皆能自由。真誠的友誼照亮了我們的恐懼與軟弱，讓我們不再活在虛幻的想像與自我欺瞞當中，因而能夠腳踏實地而自由無畏地活下去。

而閨蜜的這句實話是最誠實不過：

「妳值得被愛。」

往往配合另一句恆常為真的實話：

「我愛妳。」

我後來理解了自己少時對閨蜜的遲疑。那時候還不能體會什麼是愛自己，對於女性的身分帶有質疑與恐懼。是故也不懂得寶愛身邊的女人同志，不懂得珍惜她／他們同在泥水一邊的辛苦。若真有絕對的女人，而女人若真是水做的，那我所知的女人同志們都是泥水捏塑成，各有性子，受了試煉也各出光彩。

而這許多光彩奪目，紛紛異同的閨蜜們，是上天給這世界最好的禮物。

老派約會之必要前提

我有一位好朋友，在跨年夜遇見了有好感的男孩。從此之後閨蜜群組裡淨是她的小劇場，而我們是一群亦步亦趨追劇的粉絲。二月的情人節來了又過了，眼見三月的白色情人節也在商場張揚了，親愛的閨蜜還是日日猜著他的心——像那首老歌唱的——猜得沒錯想得太多，只害怕親手將真心葬送。

某日，諸多友人們已讀她十數張對話截圖後，終於有人提出戲臺下眾多粉絲心中的共同疑問：「妳要不要直接約他出去呀？」女主角回以一張震驚的貼圖，以及長長的沉默。

在女主角長長的沉默裡，眾人七嘴八舌。也有喊燒也有鼓勵。為著那沉默讓所有人都共鳴。約男生出去不是難事，約真心喜歡的男生出去才是難事。而最難的是直球對決，不僅主動約喜歡的男生出去，還坦白地讓對方知道，「我想認識你——我可以約你出來更認識你嗎？」

難啊難啊，在簡訊框裡反覆思量。先表示興趣的人是不是輸三分？容易到手的是不是不被珍惜？女生先開口會不會被取笑？老派的約會裡可沒有說女孩們選了餐廳選了酒吧，而是說我們要等三次才首肯，還要繫上高馬尾穿上圓點裙等著摩托車來接。老派的約會多麼令人嚮往，長長的散步我會，真正的談話我也會，可是我不會的是，怎麼把對方捉出門到我身邊，跟我走長長的路說長長的話；怎麼帶他到家庭餐廳，傻傻地看著對方微笑，讓樸素優雅的未來逐漸在身邊的粉紅泡泡裡生長出來。

每一次當愛情在靠近，心裡的動靜不是甜蜜，不是狂喜——而像是另外一首歌唱的——每一次當愛情在靠近，它騷動你的心，遮住你的眼睛，又不讓你知道去哪裡。愛情的降臨無聲無息無可預測，每一次都是未知，而未知以自己的心碎為代價，該如何是好？

親密關係映照心裡的恐懼——害怕不被珍惜，不被重視，不被肯定。可惜這些恐懼真正是未知數——眼前的人是否將會珍惜，重視，肯定自己，沒有人知道，也沒有人能保證。對方的全心全意是未知數，既是未知，也肯定無法透過隱藏自己的全心全意得到。而自己能夠確知的只有這件事：愛情裡，全心全意的人贏。不是贏得眼前的對方，甚至不是贏得特定的誰，而是贏得自己。誠實面對自己的心意，接納自己的恐懼，與真實的自己相遇。確知自己是誰，才能夠創造適合自己的關係。

最近讀基督神學的書，讀關於祈禱的討論。聖經裡有一句話說，「凡祈求的，就得到；尋找的，就找到；敲門的，就為他開門。」短短幾句話，將人的能動性描述地很好。心有祈求，心有渴望，人之常情，但首先必須出發尋找。想要入門則必須敲門，而不是坐在門外等待。等待是被選擇，但出發尋找，全世界都是妳的選擇。妳擁有全世界的可能性，若妳出發尋找；妳可以出發尋找；妳應該出發尋找。與其翻塔羅牌，等唐老師發布一週星座運勢，或者寫長長的詩聽久久的歌推斷對方的心意——何不直接約他出來呢？所有的牌座與運勢不都繞著心中的牽掛打轉嗎，「我對你很好奇，而你願意認識我嗎？」但這個問題只有他一個人擁有答案呢，而所有

的牌座運勢給妳的答案都不是那個答案，而對妳重要的就只有這個答案。

耽溺在卻步不前之中，是一種膽怯，是不敢面對真實。首先是不敢面對自己的心意，於是永遠無法理解對方的心意。於此，膽怯不僅是一種恐懼，甚至是一種自溺了；只願以自己腦海中的想像描繪對方，而無法讓對方真實地來到自己面前，認識真正的他或她。

如果想知道答案，那首先必須提出問題——如果，需要一個提出問題的藉口，那就把這篇文章分享給對方吧。就這樣坦白地說：「讀這篇文章讓我想到你。週末有空嗎？我們一起吃個飯吧。」

花事不可輕率

我身邊，多的是經常送花給自己的女子。事實上，我所敬佩的女人裡，無一不喜自行擺弄花草。

買花是一種下意識的行為。不記得是從什麼時候開始，會不自覺地手滑購入花品。唯一可以確定的是，這樣的症頭也好多年了——走在路上，看見花店，想也不想地走進去，點選幾枝婷婷裊裊的花；出得店來，捧著巧笑倩兮的花束招搖過街，真真是心花怒放。雖然我認得的花種非常少，受限於家裡的花瓶，買來買去也總是那幾種百試不爽的萬人迷：百合玫瑰，白的粉的黃的，桔梗康乃馨，白的粉的紫的。不同的是玫瑰有不同的紅，深深淺淺，桔梗還有綠，像是仕女拉開了柔軟綠裙子的波浪，優雅地展現生命力的縐摺。

花是一種最純粹的美好，高個子小個子，環肥燕瘦，也有香氣襲人的，或者姿色過人的，怎樣都美。

既是毫無折扣的美好，除了買花給自己，也習慣買花給他人，散播歡樂散播愛。幾年前，我的住處距離某個朋友的辦公室很近，是散步能夠抵達的距離。我偶爾會趁著早餐後散步，跟路邊的阿姨買六串玉蘭花，帶著一堆香氣驚人的玉蘭花到辦公室樓下。把花留在辦公室入口處，寫一張小卡片，取悅在樓上勞心勞力的粉領上班族友人。「美麗的花給美麗的人」，有點老派，但老派的伎倆總是很有效。

說到花，與老派，母親節送花是老派中的老派，但討母后歡心，花束還是有效得不得了。畢竟，母親節就是一個要化身為異男追求母親的節日。今年母親節我送了媽媽白玫瑰與紫色桔梗，配石竹，走氣質路線；閨蜜M綁了一束紅與桃紅康乃馨，配深山櫻，喜氣不失細緻；另有閨蜜Y選了粉色的芍藥，加上梔子花跟乒乓菊，貴氣十足又香噴噴的一大捧花，像是要跟媽媽求婚，或者是送媽媽出嫁。不管什麼花，所有的媽媽都很開心。

如同天下諸多其他美好需要慢慢培養，賞花買花，都需要時間，也需要群體培力。我從身邊的女人學習關於花的知識；知識的累積還真是從點到線，到面，到立體多邊形。

比方說，先因為閨蜜Y的母親節花束，認識了乒乓菊——真的像是乒乓球一樣的菊花，一小球炸開來卻非常秀氣可愛——然後開始認識各種菊花。牡丹菊、雲南菊，屬於煞氣ㄟ菊，存在感非常強烈，兩三朵就自成天下，唯我獨尊；法小菊、矢車菊，則是合群的菊，好相處的孩子們，適合搭配，成就團隊看來豐滿張揚又和諧。接下來開始認識搭配花的草們——連草都有好多學問！銀葉菊雖然枉有菊的名，卻是配色的葉子。尤加利，圓圓葉袖珍討喜；唐棉果，胖嘟嘟圓泡泡，加添質量又俏皮。再來，不久之後，學習到草非草，見草不是草：飛燕草雖稱為草，卻是如燕子群舞的花，正如同金魚草也不是草，是開一長串，色彩繽紛眾聲喧譁的花。

花是一種博大精深的學問，經常提醒我的無知，而無知非常甜美幸福——因為，想到還有那麼多美麗的花等待我去認識，就覺得非常幸福。

花提醒我生命的功課。蒔花弄草的朋友分享，花的綻放需要陽光，也需要雨水。人的生活總不會都日日放晴，也有陰雨時，也有風有雷。低潮的日子裡很容易怪罪自己，遷怒他人，緬懷著晴日、逼迫著自己與世界放晴。但養過花的人就知道——晴雨交替，花自綻放。任何季節都是能夠生長的季節，所有的天氣都來得恰如時分。雨水餵養了花的綻放。懷抱著雨天的花卉，珍惜漫步接近的花季。

花開有時。有時花開。

因為喜歡花，也喜歡好的花店。好的花店讓買花的體驗加倍歡喜。你可以感覺得出來有些花店主真正是愛花人，像是珍重女兒地對待花卉，富養著，期待好人家，讓花去到適合的舞臺綻放光彩。遇到這種店家，我喜歡請店主幫忙挑花，看她們伸手輕掐花苞，從不同的角度高度配搭花種，俐落地扯出報紙包裹花束，像在看一場祝福的儀式。花與人的精氣神確實是相互影響的，我經常遇到跟花一樣有神氣的姊姊妹妹或阿姨，不管花店的規模是大是小，闆娘一人立、手持剪刀一把，朵朵花束排排豎直，那氣勢真是一夫當關萬人莫敵。無論天氣是晴是雨，心情是喜是悲，花是一種天生地養的力量，貫徹人心。

不過也會遇見不好的花店。擠在辦公室大樓間，狹長的店面，慘白的日光燈，深深難測深幾許。四面高疊的花架、花筒和包裝紙，雙門對開的冰櫃裡放著水桶，葉子掉下來了，沒有清掃。看得出來是因忙碌而沒有時間整理，也因為沒有仔細思考過動線或收納，再怎麼擺放總是凌亂。在這種空間裡的花，再怎麼美麗也還是有點落魄貴族的味道，看了讓人有點不忍心。與花共感，想到自己也是在各種環境的限制裡，擰著一口底氣振作著。於是也還是想在不那麼好的花店買花。像是珍重自己一樣，帶一朵花回家，讓她吸飽水、深吸一口氣，在明亮的光線與充足的空間底下，好好張揚開來，做自己，做一朵舒張的花。

其實花店跟滷肉飯一樣，人人都覺得自己巷口的那家最親近。我也是。實體的花店拜訪了一些，後來也懶得往外跑了，家附近有什麼花就是什麼，讓宇宙送花來給我。

這種冥冥中自有注定的信念，後來，移轉至網路花店。畢竟網路的無遠弗屆，手指點一點，隨意下關鍵字，來到我面前的花更加隨機，也更加令人驚喜。我偏好獨立經營的小型花店，為了節省空間而選擇在網路上架設一間店，蒔花弄草跟店主的生活性情緊密相連，花於是不是花，是人與人共感共鳴的生活。

暮春以來，固定跟一對少年情侶經營的花店訂花。看他們設計什麼花、碎念人生的磕磕碰碰，摩挲著自己的性靈，尋找一種與世界的關係。這花店有個很好的服務，可以預訂週花到辦公室。因著每週花源花量花價不同，連店主自己都不知道下週的花是什麼。追蹤店主去花市買花的貼文非常好玩，選花又是浪漫又是一種經濟行為，左右為難間，還真不知道花落誰家。

週週抱著期待去上班——花來的時候，快遞大哥總是笑咪咪地——雙喜臘梅與桃金孃，橘紅康乃馨搭滿天星，小黃桔梗配合天鵝絨。打開花束再看到小卡片：「別人都祝你快樂，我只願你，遍歷山河，覺得人生值得。」

啊，收到花，果然覺得人生值得。

花裡的小卡也配合時事。例如同志婚姻正式立法通過的那個星期，整個臺灣都洋溢著曖曖光芒，是愛情啊，愛情的力量是所向無敵的啊——於是也得到了一束俗稱愛情花的百子蓮：「愛就是愛就是愛就是愛就是愛就是愛就是愛，你無法殺死愛，也無法忽視它。」

很會。會心一笑。一邊微笑一邊把花插起來。山不在高，水不在深，花是畫龍點靈的那仙來一筆，再怎樣的陋室，花就是那一點美德、一點溫馨。

花是一種投射。買花選花，乍聽之下是離地小資不甚可取的故作風雅；但提出這類批評的人，恐怕不是真的理解生命力與生活的人。城市裡，有很多難分黑白的糾結之處，城市的居住空間，也不總是壁壘分明、允人保有隱私的。那種逐漸侵蝕入心的失控與無助感，需要純然的美好為我們充電、提升。花卉，如同其他自然的禮讚一般，是一種絕對的正能量——如同上一趟市場，親眼見得腳下的土地如何忠實地生長出美味的蔬果餵養人群——捧一束花回家，讓花的力量創造另一種生活的情境，是合宜的求助。擺弄花物的同時，必須小心翼翼，也正提醒自己如同花草一樣美好、一樣需要呵護與欣賞。是來自於自然，穿過人群，被一雙雙手好好交付過的祝福。

花事不可輕率。不可輕忽花，不可輕忽愛花的人，愛花的自己。

修睫剪髮二三事

整體而言，我不是注意妝容的女生。三十歲才買了第一支口紅，化妝包裡沒有腮紅、沒有粉刷，連眼影都是兩年多前買的一盒大地色開架眼影盒。此生從來沒有染過頭髮。連挑染都沒有。不過有兩件事我倒是固定做的，修剪頭髮以及接睫毛。

剪頭髮是因為留著短頭髮。留過短頭髮的人都知道，短髮習慣了很難留長，因為每每下定決心這次一定要留長了——等它長到一個蓋頭蓋面的長度，又會忍不住對著髮型設計師大叫，快剪掉剪掉全部剪掉！是某種沒有辦法抗拒的輪迴，每兩個月就得去找設計師重新投胎一次。剪個頭髮像是重新做人：人生不能隨意登出，但頭髮可以定時剪。

接睫毛是因為懶。本來呢，我還覺得這麼女孩紙氣（Girly）的事情我是不做的。第一次接睫毛的美睫師是個中國籍的姊姊，有一個小孩，似乎是個單親媽媽。我躺在美容床上跟她嘟嘟囔囔說：「我第一次接睫毛耶。」她輕笑說：「妳一定會喜歡的，而且接了就回不去。」後來果然如此。接了眼睫毛，不用畫任何眼妝，眼睛看起來就有精神。眼睛有精神，其他都可以馬虎了，對我一介肥宅來說，太方便了，世界上怎麼會有這麼一勞永逸的事情。

而且我喜歡在美睫工作室偷聽女人們的談話。那是女性的公民社會。在公私領域之外劃分出來的第三部門，十足性別化的空間（Gendered space）。女人非常有自我意識地做女人、發展陰柔性格，彼此學習模仿競爭。通常是一群同事或閨蜜一起接睫毛、做指甲，從十足的私生活（八卦著誰劈腿誰，誰老公很不行啦），拓展到家庭與社會（哎唷跟公婆住公寓上下層還是不行啊；我們辦公室主任是富二代我怎麼升得上去），再到扎扎實實的公共政策（我家大寶抽不到公托好煩，對啊你要遷戶口啦育兒津貼多一千塊也是錢啊）。

再高檔一點的客人是會請美睫師到家裡服務的，或者去坐月子中心。不過，高級的美睫師也有資格挑客人。我遇過一個很厲害的美睫師，略微無奈地說，「我不喜歡去，燈都不夠亮，椅子又太高，錢是比較多啦，但我做完腰痠背痛，好累。」兩三句話完美闡釋客戶與服務提供者之間的權力關係。隨著專業程度越高，服務提供者的自主性就越高。比方說律師挑客戶啦、醫生挑病人啦，道理都是一樣的。

從美睫師口中，我也認識到另一個階級化的臺北。

「早上的客人都是貴婦，下午的客人是業務，晚上的客人都是上班族，跟妳一樣。」

我其實不算是上班族，但我可以猜想跟我一樣生活作息的女孩們怎麼辛苦。我經常遇到另外的客人在旁邊，一躺下沒兩分鐘就睡著了，輕輕聲打呼。因為我也閉著眼睛，看不到她的樣貌，但我知道那是平常辛勤貢獻勞動力給這個世界的女人。難得可以躺下，能夠立刻放鬆睡著也很好。美睫工作室在此成為一座小小綠洲，讓振翅欲乏的女人休憩重整。

美睫、美髮設計師這兩種職業都有其靈性的一面。人的身體是詮釋靈魂的架構。眼睛，與頭髮，都是塑造人類外形最重要的元素。眾多諺語，諸如眼睛是靈魂之窗呀、看破紅塵就要落髮出家，恰恰說明了人們多麼看重兩顆眼珠子與頭上幾根毛。天天與眼睛與頭髮接觸的美髮美睫師，從這個角度來說，是擺渡人的工作：助人成形。

我曾經遇過美睫師吩咐，「不要想事情，眼睛一直動，睫毛接不好，會很容易掉。」二十分鐘過去，顯然我的腦子跟眼珠子同樣停不下來。美睫師不太高興，「不要動腦子！」我差點笑出來，天啊妳怎麼這麼厲害，知道我就是靠動腦子吃飯？一下就知道我的問題在哪裡？我不正是個機關算盡太聰明的傢伙嘛，腦子就真的停不下來啊——萍水相逢，一眼識破。真的是做一隻眼睛的睫毛就被識破。

不過，那場睫毛接下來，我還是被美睫師念個不停。「深呼吸！」「妳腦子停不下來就數羊。」「怎麼還是一直動！」我躺在躺椅上一直苦笑，哎唷，很明顯，另一個長期的問題，知易行難，腦子聽懂了，身體做不到。

在高雄，我有個忠心耿耿的髮型設計師——我對他忠心耿耿——已經幫我剪頭髮快要十年了，見證我從嬰兒肥少女變成雙下巴輕熟女。髮廊藏在連排的透天厝，說實話，也看不出來跟其他社區髮廊有什麼不同，前頭店家樓上住家，騎樓停兩臺機車。設計師是五十幾歲的矮胖大叔，也看不出有什麼特殊之處。很臺，平常也是個坐在門口泡高山茶的歐吉桑。唯一特別之處是他的臺味將時尚駕馭得很好——臺終究是副詞，修飾他的時髦。油頭搭配金屬配件，一邊從眼鏡上緣傳 LINE，大概是能夠登上日本雜誌那樣的素人模特兒，標題，「臺灣巷弄裡的熟度型男」。

大叔很厲害。感覺是隱居民間的高手。一邊幫妳修劉海，一邊不經意地發出驚人之語：「在英國學剪頭髮是修內功，大開大合。在日本學是學拳腳功夫，細細磨練。」當然他沒有用這麼多成語，但大意如此。也會在妳踏入店內的那一刻飛快掃描，判斷妳的生命狀態，然後在他手下把妳的靈魂修剪成形。

念博士班第一年，我還是長頭髮，從小到大，沒怎麼變過。我跟大叔說，剪短吧，新階段新氣象。「妳確定？」「確定。」刷刷幾下，從此我成了短頭髮。重點不在那一刻我剪了短頭髮，重點在，我從此變成了短頭髮。至今六年。而且短頭髮太適合我了，連我媽都記不起來我長頭髮是什麼樣子。大叔居然從長髮裡看出一個短髮的我，而且將我剪了出來，比我知道自己的更適合我自己。

剪完頭髮後，他最常說的話是，「不錯，這樣剪起來。」彷彿米開朗基羅將大衛從大理石中釋放，他也將我的靈魂釋放、安置得當了。是我看過最高境界的髮型設計師。

做女人，靈魂真是飽經考驗。性格，身體，行為，從小到大，無一不受規訓指點。每個人發展出的策略不一樣。有些是逆來順受，處處忍讓，有些是自我鞭打，非要樣樣出彩或者破罐破摔。我在這些美髮美睫工作室裡的田野心得其實很雞湯：首先呢，人生本身沒有意義，人生是不斷投入以創造意義的過程。就像頭髮長了就會剪，睫毛掉了就要接。不剪不接也都可以，常剪常接也很好，最好的就是或剪或接都最適合當下的心情與狀態。再來，人生很長，功課很多。能夠聽聽別人意見很好，能夠請別人做的事情，也不妨多請教。不過，靈魂這碼事還是得靠自己負責，所以尋找契合的美髮美睫師，確實是自己的責任；但找到了可靠的幫手為自己修剪靈魂，也大可把自己交出去幾次。

千餘元換個新造型，很貴嗎？千餘元換一套靈魂的包裝，很便宜嗎？見仁見智了。

春天的食衣住行

食

春天吃芽。吃各種五彩繽紛的小果實。

說來奇怪，活在現代生活中，四季時轉難以察覺，但口舌脾胃好像仍有感應。我最近很喜歡吃一道北方菜，合菜玳瑁，喜歡把她金黃色的煎蛋帽子翻起來，吃下面的韭黃豆芽木耳，偶爾也捲在荷葉餅裡吃。平時我不太喜歡吃豆芽菜，覺得水水淡淡的沒滋味；但可能是因春天，身體就想吃點冒出土的芽。（言符其實的spring！）

另外一項突然饞起來的食物，是潤餅。小時候其實也沒特別愛吃，但久沒吃了，某天從辦公室出來散步，忽然很想吃兩捲潤餅做午餐。一大捲芹菜豆芽蛋絲青蒜高麗菜，一點豬肉，一點香腸，很多花生粉跟糖粉。清爽但是豐富的食物，一捲接一捲好像也沒吃什麼，但不知不覺吃好多。也是到了臺北後才引戰南北的食物——我家的潤餅裡頭是有放麵條的，臺北人吃潤餅居然有紅糟肉（究竟！）。

春天另一項極好的舌尖歡是草莓。噢，還有小番茄。還有釋迦，各種柑。

記得小時候草莓很貴，不常吃，但現在感覺是很親近的水果了，一盒一百，放心買。世界很多地方都吃得到草莓，但臺灣草莓香氣十足，北美遠遠不如——沒有心的草莓，再大也是枉然，如人生隱喻。而且草莓真好騙小孩。今春宴客，每次來小客人都放心地買草莓，買多少都消得掉。從一歲到六歲無往不利，還有呸掉奶嘴爬來吃草莓的。

討人歡心的春日果實還有小番茄。也是身分認同的一題：番茄似菜非蔬菜，說水果也不像水果，但小番茄倒是清清白白的水果，偶爾被徵召去做菜。臺灣的小番茄感覺好像名門閨秀，又是聖女、又是玉女，還有洋氣的 Ruby。但還是臺語給的稱謂最貼切，就是柑仔蜜，又是小囡仔又是甜甜蜜蜜的，聽了就想打包它們。到處去都帶一點，爬山分給山友吃啦、上班上學帶便當啦、通勤偷偷補充糖分啦：一種國民水果的貼心存在。

說到柑仔蜜，就不能不說冬春大出的各種柑橘了。整季都眼花撩亂，市場裡山一般的橘，一座又一座。椪柑、桶柑、茂谷柑、海梨柑，柑柑相連到天邊。不過我的心頭好還是柳丁，因為最甜，而且一致地甜，不像吃橘子總吃到幾個很甜，而幾個沒那麼甜。今年吃到一種果肉偏血橙色的雞蛋丁，甜得沒有天理，但下次去市場同一攤已經沒有了。比手畫腳跟老闆解釋老半天，老闆一頭霧水。我簡直覺得自己是踏入了某個神話故事裡，不知道哪個小神明錯運了一箱仙果到凡間（可能還因此被痛打五十大板），因此吃了一次就沒有第二次了。

彩度高的水果吃完了，還有綠色的水果好吃。釋迦好吃。也是不可貌相的水果：我長得很奇怪但是我肚子裡很溫柔，而且很甜。也不是那種很方便吃的水果（尤其，相較於小番茄），得要乖乖坐好在桌邊，準備好一個碗一支湯匙一塊抹布，一邊軟軟地吃一邊叮叮叮地吐子——不過吃水果本來就該好好坐著吃。近年來，釋迦跟鳳梨釋迦在市場上幾乎是各甲一方，我也是三心二意，看到就買；又因為釋迦買回來要放一陣子，所以家裡老是放著好幾個熟度不一的釋迦，樂得朝三暮四，朝四暮三。

春天不只是百花齊放，是百果齊落。臺灣人實在幸福，這土地、這農人，種什麼水果都甜美馨香。

我有時看著家裡小孩一口接一口地吃水果，總會有點擔憂。有一天，他們長大了，出國發現世界上很多地方水果不是甜的，一定會傻眼崩潰的吧？也沒辦法，這就是做臺灣人的代價啊。

衣

愛在春天蔓延；瘟疫也在春天蔓延。今春臺北時尚，非口罩莫屬。

我其實很不喜歡戴口罩，一來氣悶，二來總覺得生病就在家裡好好休息啊，何必戴口罩出門呢？三則鍛鍊自己對免疫系統的信心。一般感冒、流行感冒，各種冠以地名的新型傳染病，到底都是需要寄託在無辜生命上的病毒啊，無藥可治。只能以肉體為戰場，看是自然演化出來的瘟疫魔高一尺呢，還是人的免疫系統道高一丈。口罩有能但不是萬能，不如多洗手多運動，早睡早起身體好。

不過，時態非常，也知道自己一人健康，便是為我大臺灣抗疫多得一人，所以搭高鐵公車捷運還是乖乖戴口罩了。

也偷偷觀察口罩時尚。多數人還是戴著淺綠淺粉的口罩，乍看之下，有點嚇人，好像是只有在醫院才會看到的風景。不過看習慣了也覺得滿可愛，一群小綠小粉招搖過街，整片口罩人潮安穩流動，照常上班上學上車上街的氣勢，也是一種臺派團結。

也見到黑色口罩。說來奇怪，多是大眼睛長睫毛的年輕女子戴著黑色口罩。約是遮去大半邊臉了，所以眼妝更突出。眉毛有稜有角有弧度，眼線精緻，睫毛彎彎，口罩沒有遮住的側邊脖子與後側髮際線，都粉粉嫩嫩。如果拿下口罩，她們是否傾國傾城——或者，其實是因為知道自己傾城美貌才趁著瘟疫戴上口罩？

還見到很多小孩戴口罩。小孩戴口罩真是楚楚可憐，雖然明知不過是預防措施，他們都好得很，但還是莫名心疼。朋友帶小孩來家裡吃飯，戴著口罩一進門我就先軟化三分。找到機會給他們吃餅乾啦，吃糖果啦，吃草莓吃蛋糕啦，最後要回家了，戴著口罩臨走前我又塞一條巧克力——論流感與兒童蛀牙的相關性，大約是個好題目。

戴著口罩還是氣悶。不忘了自己的生物本能啊，一道道內在防線早已建築完全。與其把防護穿戴在外，不如把內裡鍛鍊強健吧。這樣想著，拿下口罩，出了門，一步步往戶外走，到自然裡去更新自己的原廠設定。

行

所以，春天去散步，去走一走春天，走春。

走濕濕的春天，也是詩詩的春天。撐傘走在細雨綿綿裡適合讀詩，走幾步，讀幾句。有些春天的詩很甜蜜，「你的掌心那麼暖那麼軟，像春天鬆過的土壤，可以種茉莉[4]」；有些春天的詩很誠實，「不一定，每個人都有一個春天。不一定他的肋骨上／會長出一個女子[5]」。

春天的時候去爬山。深色的木步道要小心落下重心，一路踩著古溜古溜的石頭泥巴下探到溪邊。山溪澗是透色的綠，水流的線條和漩渦時有時無。一層又一層流光片影，最底是沉沉鵝卵石，中間是黑色小魚閃爍而過，表面一層粼粼光彩不停。

山的霧氣濃重，頭髮圍巾都逐漸沾染水氣，知道自己其實走在雲裡。春天的濕氣包裹著一種迸發的衝勁，覺得自己像是一段伸手向天的枝枒，指尖偌有芽出，被溫柔的水霧襯托探往天際。濕濕的山，又是一首詩：

每一株植物都緊抓著
泥土裡的秘密。（我緊握著你）
我們一同想像日子是安靜的檜木
在高海拔的原始林裡
被神輕輕放倒：我們化為毬果
在泥裡發芽，成為霧的心跳[6]

是的，春天有一種心跳，有許多愛的想像，即使在季節往來分際並不明顯的臺北城裡。還是有詩人積極的勸誡：

4 〈土壤〉，陳育虹。
5 〈每個人都有一隻桃花〉，余秀華。
6 〈寫在山裡〉，林餘佐。

真正的愛情
應該快樂
如仰躺於四月的草地
不要留戀那個
喜歡看你哭泣的人[7]

為愛情流的眼淚會乾的，不如乾在春天。乾乾的春天，也是甘甘的春天。去散步，走一走甘甘的春天。去跟探出頭來的山櫻花打招呼，去跟一叢叢桃色的杜鵑打招呼。路上有興奮的柴犬，悠閒的浪貓，跳上機車坐墊毫不猶疑地伸爪子伸懶腰。看店家開門做生意，少年頭家不疾不徐地在鐵捲門外抽一支菸。小店小戶，歲月甜美。

現在能觸動我的，如春天一般的戀愛，都是在平常臺北人家裡的日常。像是平凡的早午餐店一對平凡的中年夫妻。交談熱烈，人到中年吃飯不滑手機，看似平凡其實不凡。偷聽他們聊投資聊貿易戰，也聊辦公室政治或者友人八卦。尋常話題有聲有色，非常有愛。再偷看他們正餐用畢，又忍不住點一盤草莓蛋糕，有鮮奶油，有點綴的玫瑰花瓣，有粉紅色的馬卡龍。送甜點來的服務生甜甜地笑，吃一口草莓的女士也甜甜回眸。她老公從背包裡拿出自己帶來的一小瓶牛奶，給她的美式咖啡加一點味道。不知多少年的婚姻，如此日常，恆常的甘美。

在春天甜美地愛，如少年，如玫瑰。春天的臺灣適合愛，紀念那些在春天殞落的人們，用我們的愛紀念。

我若做天空
也要是清澈的天空
我若成大海
也要當薄透的輕浪
我若要愛人

7 〈瞬間的愛情感覺〉，林婉瑜。

住

住在春天裡很奇妙。雨及陽光都有清掃的品質。獨自一人在屋裡，會感覺到房子也眨著眼睛慢慢甦醒。萬物都在更新，逐漸揚起頭來的節氣，鼓勵人從睡裡醒來。

今春以來，我一直睡得很安適，但醒得也很樂意。從冬雨綿綿逐漸晴朗開來的二月天，春寒依舊料峭，但春天的陽光有一種溫潤欣喜的色彩。將醒未醒之時，看見窗簾透進來的光芒，覺得不太一樣，好像更歡快一點，更鼓舞人心一點。也有梅雨霏霏的四月天。不過，不因此失志。聽著雨聲感覺天降甘霖，潤澤大地，心受滋養，願意起來慢慢泡一杯熱茶好好上工。捧著早茶在陰陰的空間裡穿梭，不感幽暗，反而體會出土前的等待與涵養。知道自己快要準備好，就要準備好萌芽。

我有兩個朋友，讀我的瑜伽筆記，前一陣子總問我，怎麼有辦法六點起來去上瑜伽課呀？沒想到，春天來了，她們也早起了。接受我的推薦到同一個教室上早七瑜伽。不同班，在隔壁隱約聽得她們的笑聲，覺得非常幸福。

心好像也跟著鼓動起來。更加提氣向上的春天。

更加涵養身體。春天是溫柔的陪伴與照護。我又回到跑步的週期裡，但這一次，練習誠實，不傷害。不想跑的時候不勉強身體跑，接受自己當下不想強烈動作的心情，在身體願意行動的範圍內持續鍛鍊自己。過去一些跑步的時刻，當時以為倔強，現在知道是暴力。將生活裡的不安發洩在身體上：掌握不了的人事物太多，要在跑步裡證明可以掌握自己的身體。

但又何必？其實也可以接受世上有許多我掌握不了的事情。身體也是，因著身體有更深奧且未必可言說的邏輯與機制。或許是我要理解乃至順從身體的節奏，而不是強迫它成為我認為應該的樣子。身體會支持我——身體一直都支持我——我不

8 〈玫瑰少年─寫給葉永鋕〉，追奇。

濫用她的支持。

也要更鍛鍊心緒。春天的練習是甘願。甘願成長，如同星星點點的綠冒出頭。甘願綻放，像是櫻花先於葉而行，開滿枝頭，以一種燦爛的姿態自封為一年之始。甘願貢獻，春天給我們最好的希望，無論去年如何，今年總有春天；諸事已過，凡事在春天裡都是新的。

是的，春天要更有盼望。我在春天的家裡孵著新計畫。穿著老老的睡衣在書桌前孵著：把五六萬字的論文章節排排好，給他們修剪，給他們註腳，給他們一個頭，再給他們一個尾。孵著需要喘息，去市場溜達一圈看綠芽紅果，打開窗戶聽雨聽風，再來孵另外一個計畫。四散各處的文字拾綴起來，也給他們排排好，擦擦乾淨，琢磨他們的光彩，感覺他們在什麼心情底下誕生，他們集合起來將為世界帶來什麼貢獻。

於是，春天，我寫完了這本散文集，又交出了博士論文，覺得自己真正成為了一個新的人。

跋

這本文集寫於二〇一九至二〇二〇年，大多數的文章都來自《皇冠雜誌》專欄，「城裡城外」，有些文章（主要是書評、影評）發表於網路媒體、紙本出版。集結於此書之際，經過幾次大幅修改。

第一本書與第二本書之間，間隔了四年，不算短；這段期間我經歷了很多重大的變化，包括終於完成博士論文（本書付梓之際決定了口試日期），邁出腳步開創自己的事業與家庭。其實生活中的變化很多也很大，不過，生活過起來，也就是書裡寫的這些瑣碎細節。反覆思量省察，然後學習用一種比較寬闊的角度重新看待自己。

我在練習生活的過程當中獲得很多滋養（有很多滋養是很實際的食物），確實地體會到只要用心投入，只要多一點心思往內關照自己，就能獲得平安以及踏實的成長。這是不同於以往我所知、所鍛鍊的力量，而是一種向內包納涵養的陰柔力量。感覺像是在深深的地底向下探索，潮濕、黑暗、低沈、緩慢，但是每探出一點點就會有一點點扎實的掌握，如植物的根。（也因此這本書裡畫了好多植物）。

我覺得這是值得分享的感受。一點點踏實行動就足矣的感受。而踏實不是費力，是該破則破、該立則立，其他時候放鬆信任如浮水曬日。書中描繪甚多，我亦體會甚多的活動——買花、喝茶、讀書、做瑜伽——其實都是相當閒散地做。買花隨性地買，無論遇見什麼店主、季節就買什麼。愛是在相遇中發生，每次買花的時候真會有這種體悟。瑜伽也只是一週一次地做，腦空空地去做，感受到美好如實、辛苦也如實，我付出多少就得回多少。讓我逐漸生長出盼望，覺得自己可以做更多，體驗更多。（偶爾也會幻想自己什麼時候可以做 handstand）

這本書是我學習生活的筆記——即使我很希望它是日記，但事實上大約是雙週記與月記——漸離苛刻的自我要求，不斷在挑戰與提醒當中，一層層往下越活越真實。不受困於過去，不藉口未來，練習把握眼前的人事物，把握現在呼吸著的自己。

「不要為明天憂慮，因為明天自有明天的憂慮，一天的難處一天當就夠了」──大約是這樣的體會。不過今天的難處也當不了的時候，也是有的。好吧，算了，累積一點能量明天再來。於是在處處皆難以準時交稿的難處之下，屢戰屢敗、屢敗屢戰，把這些筆記一篇篇寫出來了。

寫作、重整生活的這段過程，受惠於很多人事物。過去諸多貴人貴事讓我可以完成這本書，我非常感謝。尤其感謝皇冠編輯群，曉盈、婷婷與怡蓁，在本書出版過程的陪伴與支持，以及多位推薦人還有插畫家芊澐，讓這本書更好、更完整。也感謝我爸媽多年來無條件的支持，哥哥嫂嫂一家正能量後援，以及S的接納與付出。最後，要感謝非常非常多持續關心我的讀者──謝謝你們的鼓勵與信任，衷心希望這本書能夠支持到你。我們下本書很快再見。

國家圖書館出版品預行編目資料

甘願綻放 / 許菁芳著 . -- 初版 . -- 臺北市 : 皇冠 , 2020.06
面 ; 公分 . -- (皇冠叢書 ; 第 4850 種)(有時 ; 12)

ISBN 978-957-33-3544-3(平裝)

863.55 109006619

皇冠叢書第 4850 種
有時 12

甘願綻放

作　　者—許菁芳
發 行 人—平雲
出版發行—皇冠文化出版有限公司
臺北市敦化北路 120 巷 50 號
電話◎ 02-27168888
郵撥帳號◎ 15261516 號
皇冠出版社 (香港) 有限公司
香港上環文咸東街 50 號寶恒商業中心
23 樓 2301-3 室
電話◎ 2529-1778　傳真◎ 2527-0904
總 編 輯—許婷婷
責任編輯—陳怡蓁
封面設計— Bianco Tsai
內頁設計—洸譜創意設計股份有限公司
插　　畫—何芊澐
著作完成日期— 2020 年 3 月
初版一刷日期— 2020 年 6 月
法律顧問—王惠光律師

讀者服務傳真專線◎ 02-27150507
電腦編號◎ 569012
ISBN ◎ 978-957-33-3544-3
Printed in Taiwan
本書定價◎新台幣 320 元 / 港幣 107 元